KB052424

눈 감으면 보이는 것들

신순규

판미동

2012년 10월부터 2015년 8월까지

시각장애인 저자가 점자 컴퓨터로

직접 쓴 글을 정리하여 묶었습니다.

딱 하루만 세상을 볼 수 있다면

볼 수 있다는 것은 틀림없이 커다란 축복이다. 비록 나는 앞을 볼 수 없지만, 그렇다고 그것을 불행으로 여겼던 적은 몇 번 되지 않는다.

나는 모든 것을 지나치게 낙관적으로만 본다는 말을 수없이 들어왔다. 심지어 내가 시력을 잃은 시기도 적절하다고 생각할 정도다. 백일도 되기 전에 녹내장에 걸려 시력이 좋진 않았지만, 그래도 만 일곱 살이 될 때까지는 다른 아이들처럼 구슬치기, 딱지치기, 전쟁놀이 등을 하며 평범한 유년 시절을 보냈다. 눈 수술을 받느라 병원에서 자주 생활한 것을 제외하면, 그다지 특별할 것 없는 어린아이의 삶이었다고 할 수 있다. 이후 녹내장이 악화되어 왼쪽 시력이 심하게 약해지고, 오른쪽 눈에는 망막박리까지 생겨 결국 아홉 살 때 시력을 완전히 잃었다. 볼 만큼 보고 시력을 잃었다고 말할 순 없지만, 많은 면에서 예민해지는 시기인 10대 이전에 시력을 완전히 잃은 게 차라리 다행이라는 생각도 든다.

이렇게 생각하며 살아온 나도 앞을 볼 수 없다는 이유로 마음 아팠던 적이 있다. 처음으로 속상했던 것은 서울맹학교에 입학한 아홉 살 때였다. 시력이 나빠지고 있는 것도 모른 채 계속 뛰어다니다가 넘어지고 계단에서 굴러떨어지다 보니, 무릎 성한 날이 드물었다. 이를 눈여겨본 한 선생님이 언젠가 나에게 말씀하셨다. 이제는 잘 보이지 않으니까 천천히 조심해서 걸어 다니라고. 꼭 필요했던 그 충고가 어린 마음에는 참 슬프게만 느껴졌다.

두 번째로 슬펐던 때는 어느 날 내 머릿속에서 엄마의 얼굴이 지워진 것을 깨달은 순간이었다. 여기서 하나 짚고 넘어가야 할 것이 있다. 나처럼 시력이 전혀 없는 사람은 항상 어둠 속에서 생활할 거라고 많은 사람이 생각하는 것 같다. 하지만 적어도 나는 그렇지 않다. 눈이 보였던 시절이 있어서인지 내 머릿속에는 항상 주위에서 일어나는 일들이 보이는 듯하다. 가족과 함께 식탁에 둘러앉아 식사할 때면, 내 앞에 아내 그레이스가 앉아 있고, 오른쪽에는 아들 데이비드가 앉아 있는 모습이 그려진다. 또 아내가 아이에게 빨리 먹으라는 말을 할 때면, 입속에 든 음식을 씹지 않은 채 한가득 물고

만 있는 아이의 모습이 머릿속에 그려진다.

내가 한 안과 의사에게 이런 말을 했을 때, 그는 왜 내가 항상 앞을 보고 사는 것 같은 착각을 하는지 가르쳐 주었다. 내 눈은 해야 할 일을 못 하고 있지만, 두뇌는 계속 활동하며 그림을 그리고 있기 때문이라고 말이다.

그런데 사진이 오래되면 색이 바래고 윤곽이 흐려지듯이, 언젠가부터 내 머릿속에도 형태만 겨우 알아볼 수 있을 정도의 희미한 영상만 되풀이되고 있다. 그 모든 것들이 언제부터 이렇게 희미해졌는지는 모르겠지만, 엄마의 모습이, 특히 그 얼굴이 희미해진 것은 완전히 시력을 잃은 지 2년이 채 되지 않은 어느 봄날이었다. 스물두 번이 넘는 수술을 받으면서도, 안대를 걷을 때면 항상 처음으로 보였던 엄마의 얼굴을, 두 달 동안 부산병원 환자실에서 나란히 놓아 붙인 의자 몇 개를 침대 삼아 생활하면서 내 곁을 떠나지 않았던 엄마의 그 얼굴을, 더는 그릴 수 없음을 알게 되었을 때 내가 받은 충격은 결코 작지 않았다.

세 번째로 내가 볼 수 없다는 사실에 슬퍼했던 것은 아내의 솔직한 한마디 때문이었다. 언젠가 아내는 내게 이런 말을 했다. 볼 수 없는 사람과 삶을 같이하는 게 쉽지는 않지만, 그중에서도 내가 자신의 눈빛이나 표정을 볼 수 없는 게 가장 힘들다는 것이었다. 사랑하는 사람들 사이에는 '말이 필요 없는 이해'라는 것이 있다는데, 그런 것이 우리에게는 불가능할지도 모른다는 생각이 들어 무척 미안

하면서도 슬펐다.

마지막으로 볼 수 없다는 사실이 말할 수 없이 슬펐던 적은, 결혼 생활 9년 만에 태어난 데이비드를 안고 흔들의자에 앉아 재우고 있을 때였다. 갑자기 이 아이를 보고 싶다는 생각이 머릿속을 스쳐갔다. 아이의 머리가 내 왼쪽 어깨와 얼굴 사이에 있었는데, 그때 비로소 아이의 자는 모습을 볼 수 없다는 사실이 아주 크게 내 마음에 와 닿았다. 순간 가슴 속에서 뭉클 올라오는 무언가를 느꼈다. 아내의 얼굴을 봐야겠다는 생각은 들지 않는데, 안고 있는 이 아이의 얼굴은 그렇게 보고 싶다니. 아이의 땀인지 나의 눈물인지, 어느덧 내 왼쪽 눈가에 맺혀 오는 물기를 의식하면서, 나는 시각장애인으로 살아온 30여 년만에 처음으로 이런 생각을 했다. 잠시라도 눈을 뜨고 세상을 볼 수 있다면 얼마나 좋을까!

듣지도 보지도 못했던 헬렌 켈러는 그녀에게 볼 수 있는 날이 사흘만 주어지면 어떨까 하는 상상을 하면서 수필을 썼다고 한다. 보면서도 중요한 것을 보지 못하는 사람들에 대한 안타까움을 표현한 이 수필을 읽었을 때, 나는 이런 엉뚱한 생각을 했다. 사흘은 너무 길지 않은가! 내가 정말 보고 싶은 것은 하루면 충분할 것 같다는 생각이 들었다.

만일 나에게 시력이 주어지는 24시간을 내 뜻대로 계획할 수만 있다면, 이렇게 하루를 보내고 싶다. 어느 초여름 날 아침 해 뜰 때부터 그다음 날 해 뜨기 전까지 딱 하루만 세상을 볼 수 있다면, 난 그날만은 일찍 출근하지 않을 것 같다. 뉴욕 근교 뉴저지 한 동네에 자리 잡고 있는 자그마한 내 집 뒷마당에 서서, 떠오르는 해와 39년 만에 돌아올 나의 시력을 기다리며 하루를 시작할 것이다. 해가 과연 어떻게 뜨는지 지켜볼 것이다. 그리고 뒷마당에 있는 나무들과 여러 군데에서 울기 시작하는 새들, 또 왔다 갔다 하는 다람쥐 등을 구경하면서 아침 풍경을 즐기겠다.

아들이 깨기 전에 집 안으로 들어가 자는 아이의 얼굴과 몸, 자세와 표정 등을 사진 찍듯 머릿속에 세세히 담으려고 노력할 것이다. 아이가 눈을 뜨고 일어나는 모습 그리고 아빠가 자기를 보고 있음을 깨달을 때의 표정을 머릿속에 담겠다. 아이의 눈망울을 자세히 살펴보면서 정말 어른들의 그것보다 맑은지 관찰하겠다. 또 2014년에 새로운 가족이 된 여자아이의 잠든 모습을 보면서 왜 사람들이 이 아이와 내가 많이 닮았다고들 하는지 살펴볼 것이다. 그리고 아이들을 학교까지 데려다주고 집으로 돌아오면서 우리 동네를 구경할 것이다.

아내와 함께 오붓하게 아침 식사를 하면서 19년간 함께 살아온 이 여인의 모습을 살펴볼 것이다. 선을 볼 때처럼 조심할 필요는 없겠지. 아내가 얼마나 아름다운지를 보겠다는 것이 아니니까. 그녀의 모습을 고해상도 사진을 찍듯이 자세히 들여다보고 머릿속에 넣어 놓아야 얼마 동안이라도 기억할 수 있을 테니까. 또 식사 후 집 안에 있는 모든 사진첩을 모아 놓고, 가족들과 친구들의 옛 모습을 보면서 아내와 대화를 계속할 것이다. 그리고 결혼식 비디오를 보면서 그때의 우리 모습과 친척들의 얼굴을 확인하고 싶다.

아내와 함께 점심식사를 하고 나서 나는 뉴욕발 기차를 탈 것이다. 물론 항상 가지고 다니던 흰 지팡이는 집에 놓고 갈 것이다. 기차 안에서 창밖을 내다보며, 내가 사는 뉴저지 북부와 뉴욕을 구경할 것이다. 정말 뉴저지가 '가든 스테이트(Garden State)'로 불릴 만큼 푸르른 곳인지 내 두 눈으로 확인하고 싶다. 그리고 내가 17년 넘게 다니고 있는 회사로 향할 것이다. 나와 같이 일하는 사람들을 살펴보면서 내가 상상했던 것과 현실이 얼마나 다른지 비교할 것이다. 예를 들어 사람의 피부색이 얼마나 희고 검을 수 있는지, 정말 사람의 머리가 빨갈 수 있는지 확인할 것이다. 또 컴퓨터 앞에 앉아 일도 해 볼 것이다. 흑백텔레비전의 기억만 남아 있는 내게 인터넷에 연결된 총천연색의 컴퓨터 스크린은 어떤 자극으로 다가올까. 처음에는 여러 인터넷 사이트를 찾아가 볼 것이고, 거기에는 틀림없이 한국 텔레비전 방송을 보여 주는 페이지도 포함될 것이다. 처음에는 말과 점자로 스크린의 내용을 읽어 주는 스크린리더를 사용해야겠지. 글을 알지 못하니까.

회사에서 두세 시간을 보내고 나오는 길에 바로 앞에 있는 9·11 테러 현장에 가 볼 것이다. 비행기 두 대가 세계무역센터를 무너뜨린 그 날, 나도 가까운 빌딩에서 그 큰일을 경험한 사람 중 하나였다. 업무적으로 알고 지내던 사람들이 죽고, 피난민처럼 걸어서 월가 지역을 벗어났던 그 날의 일을 기억하고 싶지는 않지만, 그때 희생된 사람들을 추모하면서 그 역사적인 사건의 현장을 묵묵히 지켜볼 것이다.

그다음에는 계획한 대로 부모님들을 뉴욕에서 만날 것이다. 나를 낳고 키워 주신 한국의 부모님, 열다섯 살 때부터 돌봐 주신 미국인 대드(Dad) 그리고 장인, 장모님과 아내, 아이들과 함께 근사한 식당에서 저녁 식사를 하고, 관광객처럼 엠파이어스테이트 빌딩에 올라가 야경을 감상할 것이다. 또 42번가 타임스퀘어에서 얼마 동안 사람 구경을 하고, 서클라인 유람선을 타고 맨해튼 섬 주위를 돌며 즐거운 한때를 보내는 가족들의 모습과 표정을 관찰할 것이다. 그리고 집으로 돌아와 몇 시간 잠을 잔 후, 해가 뜨기 전에 교회로 가서, 볼 수 없을 때나 볼 수 있을 때나 항상 함께해 주시는 하나님께 감사 기도를 드릴 것이다.

차례

 소중한 것 하나, **본다는 것**

소중한 것 둘, 꿈

소중한 것 셋, 가족

소중한 것 넷, 일

소중한 것 다섯, 나눔

"내 비밀은 이런 거야. 매우 간단하지.
오로지 마음으로 보아야만 정확하게 볼 수 있어.
가장 중요한 것은 눈에는 보이지 않는 법이거든."

─생텍쥐페리의 『어린 왕자』

소중한 것
하나

본다는 것

만년설 쌓인 로키 산맥의 설상차 안에서 아들 데이비드와 함께.

"우리는 너무 많은 것을 보고 살아서
정작 보아야 할 것들, 부모의 사랑을 갈망하는 아이들의 눈빛
화가 났을 때도 감출 수 없는 엄마의 애틋한 표정
외로움으로 어두워진 배우자의 얼굴빛 등을 보지 못한다."

1
겉만 보아서는 안 됩니다

── 타인의 세계를 올바로 이해하기 위한 가이드

얼마 전 아들 데이비드가 다니는 학교에 갔다가 아들과 같은 반에 있는 한 한국 아이의 아버지를 만났다. 나를 볼 때마다 늘 놀랍다는 말을 건네던 사람인데, 이번엔 더 구체적으로 이런 말까지 하는 게 아니겠는가. 내가 매일 혼자서 뉴저지에서 뉴욕까지 출퇴근한다는 사실이, 내가 교육을 받아 온 배경이나 현재 하고 있는 일보다 더 믿을 수 없을 정도로 놀랍다고.

이 말을 들은 그 날 나는 문득 한국에 있는 엄마가 생각나 잠을 잘 이루지 못했다. 주위가 점점 희미해져 가기 시작했을 무렵부터, 엄마의 팔을 꼭 붙잡고 다녔던 나의 어릴 적 모습이 새삼스럽게 떠올랐기 때문이다. 길을 모르는 곳에 갈 때도, 길을 잘 아는 맹학교

안에서도 나는 엄마의 팔을 붙잡고 걸었다. 이런 나에 대한 엄마의 걱정은 한둘이 아니었을 것이다. 그 걱정 중에는 언젠가 엄마가 내 곁에 없을 때가 되면, 내가 어떻게 이 험한 세상의 길을 혼자서 걸어 다닐까 하는 것도 있었다. 복잡한 도시의 거리, 발이 빨라야 이용할 수 있는 교통수단, 그리고 장애인을 도울 여유가 있는 사람도 드물었던 그때, 엄마를 괴롭혔던 그 걱정과 아들 친구의 아버지가 한 말이 겹쳐져 뇌리에서 좀처럼 떠나지 않았다.

1980년대에 살던 당시의 엄마가 21세기 뉴욕 근교에 사는 지금 나의 하루를 상상할 수 있었더라면, 그렇게 걱정하지는 않았으리라. 또 나의 출퇴근 모습을 보았다면, 아들 친구의 아버지 역시 그리 놀라워하지는 않았을 듯하다. 사람들은 자신이 상상할 수 있는 범위 안에서만 다른 이의 세계를 이해하려고 하기에 쓸데없는 걱정이나 불필요한 감탄을 한다. 아마도 그들은 출근 전에 내가 하는 마음 준비 운동, 수많은 반복으로 익숙해진 길, 그리고 가끔 나를 도와주겠다며 다가오는 사람들의 손길 등을 상상하기는 어려울 것이다.

복잡한 세상으로 나가기 전,
마음의 준비 운동이 필요하다

나의 하루는 대개 새벽 4시 전후로 시작된다. 다행히 전깃불이 필요하지 않아서 같이 사는 사람들의 잠을 방해하지 않고 일어난다. 지하실에 꾸며 놓은 사무실로 들어가 문을 닫고, '한소네'를 책상에서 집어 든다. 한국 기업이 만든 이 기계는 점자 키보드가 부착된 휴대용 컴퓨터인데, 점자 디스플레이 기능과 옛날 여자 성우를 연상시키는 음성 스피치 기능을 지녔다. 나는 꼭 PC가 필요한 경우가 아니면 한소네로 이메일을 읽거나 쓰고, 웬만한 인터넷 업무까지도 처리한다. 특히 거의 잊고 있던 한글을 읽고 쓰게 해 주기 때문에 나에겐 정말 유용한 기계다. 등받이를 뒤로 젖힐 수 있는 의자에 앉아 이메일을 확인한 뒤엔 페이스북 몇 페이지를 넘겨 보고, 일기 예보도 살펴본다. 가끔은 어떤 수표가 밤 중에 우리 은행 계좌로 들어왔는지 확인할 때도 있다.

이런 자질구레한 일들을 좀 하다가 본격적으로 하루를 시작할 준비를 한다. 먼저 정해 놓은 성경을 몇 장 읽고 기도를 올린다. 많은 축복에 대한 감사기도, 용서를 구하는 속죄기도, 그리고 사랑하는 이들과 나 자신을 위한 간구기도를 올린다. 몇 번이나 읽은 성경을 왜 또 읽고, 내 마음을 다 아시는 하나님께 왜 또 기도를 할까? 이것은 편안한 집을 떠나 험한 세상으로 나가기 전에 내가 꼭 해야 하는 준비 운동이기 때문이다. 이 과정을 소홀히 하면, 출퇴근길에서나 회사에서 그리고 집에서 일어나는 좋지 않아 보이는 일들을 정말로 좋지 않은 일이라고 받아들이게 된다. 매일 다니는 길이 공사로 막혀 있거나 동료로부터 기분 나쁜 말을 듣거나 혹은 아내나 아이들과 언성을 높여야 하는 일은 언제든 일어날 수 있다. 이런 일들에 대한 나의 반응은 아침에 하는 마음 준비 운동의 질에 따라 완전히 달라진다.

삶에서 길을 잃지 않으려면
자신의 현재 위치부터 파악하라

객관적으로 보면, 내가 사는 북뉴저지의 작은 도시 페어론에서 뉴욕 남단에 있는 월가까지 출퇴근하는 것이 쉬운 일은 아니다. 시력이 정상인 사람들에게도 그렇다. 나는 대개 6시 30분에 통근 기차를 타고 시코커스라는 곳까지 간다. 거기서 다른 기차로 갈아타야한다. 역 안에서 약 5분 정도 빨리 걸어야 하는데, 몇 층을 계단으로 오르락내리락해야 하는 불편함도 있다. 조금만 늦으면, 기차를 놓치기도 한다. 물론 마음의 준비 운동을 잘한 날에 기차를 놓치는 것쯤은 큰일이 아니다. 항상 다음 기차는 있기 마련이니까.

이렇게 두 대의 기차를 갈아타고 뉴욕의 팬 스테이션에 도착한다. 서울역과도 같은 이곳은 뉴저지와 뉴욕을 연결하는 통근 기차와 뉴욕 롱아일랜드를 오가는 통근 기차, 그리고 미국 전역으로 뻗어 나가는 앰트랙 기차가 떠나고 도착하는 아주 크고 복잡한 역이다. 이 역에 기차가 정차하면, 출퇴근 과정에서 제일 큰 도전이 나를 기다리고 있다. 떠나고 도착하는 자리가 항상 같은 지하철과는 달리, 뉴저지 통근 기차는 펜 스테이션에 도착할 때, 일관성 없이 아무 곳에서나 정차한다. 그래서 누가 얘기해 주지 않으면, 몇 번 트랙에 도착했는지, 또 얼마나 역 안쪽으로 들어와서 섰는지 알 수가 없다.

그리고 위층으로 올라가는 계단이나 에스컬레이터가 내가 원하는 2층으로 올라가는 것인지, 아니면 항상 길을 잃어버리는 3층으로 향하는 것인지도 알 수 없다. 오랫동안 같은 기차를 타고 출근을 해 왔기에 내가 원하는 것을 알고 도와주는 사람들도 있긴 하지만, 가끔 그런 도움이 없을 땐 모험을 강행해야 한다. 아무 에스컬레이터나 층계를 이용해 위로 올라가는 것이다. 그리고 층계나 에스컬레이터가 끝나는 자리에 섰을 때, 내가 과연 어디에 있는지 추측하여 알아내려고 노력해야만 한다.

이럴 때 나는 사람들이 오고 가는 패턴의 소리, 역 바닥의 느낌(매끄러운지 거친지), 주위 식품점에서 나는 냄새 등으로 현재의 내 위치를 짐작한다. 특히 '크리스피 크림' 가게의 도넛 냄새가 나면, 그 건너편에 있는 층계로 다시 내려가야 지하철을 탈 수 있다. 또 계란과 양파를 굽는 냄새가 나면, 바로 오른쪽으로 돌아서 동쪽으로 역을 가로질러 가야 내가 원하는 지하철을 탈 수 있다. 마지막으로 갑자기 매끄러운 역 바닥이 거칠어지면, 너무 북쪽으로 갔다는 신호이므로, 다시 돌아서야 된다는 것 역시 알고 있다. 이렇게 내 나름의 지표가 되는 자극들을 통해 현재 위치를 파악하고 내가 가야 할 곳으로 방향을 잡는다. 물론 어떤 때는 이런 방법이 다 소용없고, 길을 잃은 채 역 안에서 10~15분을 걸어 다니는 날도 있다. 마침 공교롭게도 마음의 준비 운동을 하지 않았거나 건성으로 한 날이었다면, 그날은 온종일 그 생각으로 속상해할 가능성이 크다. 드물게는 나의 장애를 슬퍼하기까지 한다.

　매일 다니는 통근길에서 방향을 잃고 헤매는 상황보다 나에게 더 큰 문제로 다가오는 것은 바쁘게 뛰어다니는 사람들이다. 시각장애인들이 길을 걸어 다닐 때 쓰는 흰 지팡이, 즉 케인을 나도 쓴다. 그리고 들고 다니는 가방 속에는 늘 여분의 케인 하나가 더 준비되어 있다. 뉴욕에서 사용하던 케인을 세 번이나 부러뜨린 적이 있어서, 언제부턴가 여분을 꼭 하나씩 갖고 다니기 시작했다. 세 번 다 뛰어가던 사람들 때문에 케인이 부러졌는데, 그들 모두 시각장애인의 보행 수단을 빼앗은 것을 아는지 모르는지 계속 제 갈 길을 갔다. 우습기도 하고 어처구니없는 이런 날에는 마음 준비 운동이 나에게 산소와도 같은 중요한 역할을 한다. 달갑지 않은 일에서도 그 의미를 찾고 긍정적으로 반응할 수 있도록 도와주기 때문이다.

　여분의 케인이 없었던 날도 두 번은 친절한 사람들의 도움으로 무사히 출근할 수 있었다. 이처럼 세상에는 남의 사정에 대해서 신경 쓰지 않는 사람들보다는, 반대로 주위 사람들 사정에 신경 써 주고 자기 시간과 노력을 들여 그들을 돕는 사람들이 더 많다고 나는 확신한다. 그들은 나에게 항상 어디로 가느냐고 질문하고, 나는 그들에게 내가 지금 서 있는 곳이 어딘지를 가르쳐 달라고 부탁한다. 나를 회사까지 책임지고 데려가 줄 사람은 없다. 그러니 갈 길을 제대로 잡기 위해서는 항상 지금 나의 위치를 알아야 하는 것이 우선이다. 길을 잃어도, 케인을 잃어버려도 괜찮다. 현재 내 위치만 알고 있으면 아무리 혼잡한 가운데서도 목적지에 가닿을 수 있다는 것, 그것이 바로 내가 삶에서 길을 잃지 않는 비결이다.

현실, 생각, 사랑
타인을 이해하기 위해 놓치지 말아야 할 3가지

시각장애인으로서는 유일하게 에베레스트 산 정상을 정복하여 유명해진 에릭 와이헨메이어는 언젠가 이런 말을 했다. 그에게 감탄을 아끼지 않는 사람 중에는 듣는 이로서는 참 기가 찰 만한 말을 하는 이들도 있다고.

"눈이 보이는 나도 감히 시도할 엄두를 못 내는 에베레스트를 등반하여 정상을 정복한 에릭……."

어떻게 보면 이 말은 그를 칭찬하는 말일 뿐 그 이상도 이하도 아닐 수 있다. 달리 생각해 보면, 세계에서 제일 높은 산을 오르는 데 시력이 결정적인 영향을 끼친다는 가정에서 나온 말이라고도 할 수 있다. 적어도 에릭은 그렇게 받아들였다. 물론 앞이 보이지 않는 장애를 극복하고 어떻게 정상에 올랐는지에 대한 이야기도 감동적이다. 그러나 더욱 감명 깊은 것은, 에베레스트뿐만이 아니라 7대륙의 최고봉을 다 정복하기까지 그가 얼마나 힘든 훈련을 했고, 수없이 많은 등반 경험을 쌓았으며, 포기하고 싶다는 유혹을 이겨 냈는지에 대한 이야기다.

시각장애인이 드문 일을 해내면, 사람들은 그 일을 해낸 데에만 초점을 둔다. 내가 출퇴근하는 게 믿을 수 없을 정도로 놀랍다고 말하는 이들도 마찬가지다. 내가 거의 3시간 정도를 매일 길에다 버리고 다녀야 한다는 사실이, 눈이 보이지 않는 것보다 훨씬 더 힘들다는 것을 많은 사람은 이해하지 못한다. 그들 눈에는 무엇보다 먼저 내가 시각장애인이라는 사실부터 보이기 때문이다.

타인을 이해하려면 단지 눈에 보이는 것을 넘어서, 그 사람에 대해 적어도 다음 세 가지를 알아야 한다고 생각한다. 첫째, 그가 접하고 있는 현실, 둘째, 그의 마음을 움직이는 생각, 마지막으로 그의 삶을 변화시킬 만한 사랑이 그것이다. 시각장애인에게도 그를 둘러싼 현실, 그가 붙잡고 추구하는 생각과 일 그리고 삶을 변화시킬 만한 사랑이 그의 삶에 있어 시각장애보다 더욱 중요할 수 있음을 기억하는 것이 좋다. 예를 들어 나에게는 증권을 정확하게 분석해야하는 업무를 맡은 현실, 불공평한 세상에서 어떤 방식으로 삶을 헤쳐 나갈지에 대한 생각, 그리고 가족을 향한 나의 사랑 등이, 내가 앞을 볼 수 없다는 사실과 이로 인해 출퇴근에서 겪는 불편함보다 더 중요하다.

　이 이야기에서 장애를 빼고 생각해 보자. 가족, 친구, 동료, 이웃 등에 대한 우리의 이해는 겉으로 보이는 것 때문에 진실에서 멀어질 수 있다. 겉으로는 걱정거리가 없어 보이는 사람에게도 알고 보면 말할 수 없는 가슴앓이가 있듯이, 항상 어려움에 시달리는 사람에게도 행복과 만족이 있을 수 있다. 몇 평짜리 집에서 사는지, 무슨 차를 타고 다니는지, 그리고 어떤 옷과 액세서리로 몸을 감싸고 있는지, 이러한 겉 포장지에만 주목하면 내면의 진실을 보기가 힘들다. 이런 것들을 뚫고 알맹이와도 같은, 그 사람의 생각이나 염려, 희망이나 두려움 등을 꿰뚫어보는 '엑스레이 비전'을 가지려고 노력한다면, 타인에 대한 오해를 줄이고 이해를 더할 수 있지 않을까.

2

마음으로도 볼 수 있습니다

— 우리는 사랑하는 이에게 어떤 사람이 되어야 하는가

어렸을 때부터 나는 내 앞날을 염려하며 말씀하시는 집안 어른들의 대화를 종종 엿듣곤 했다. 백일이 되기 전에 내 눈이 성치 못하다는 것을 알게 되자 나에 대한 어른들의 걱정은 형이나 동생에 대한 걱정보다 더 잦아졌다. 크게 세 가지 걱정이 있었다. 첫째는 시력이 약하거나 아주 앞을 못 보는 아이를 어떻게 교육할 수 있을까 하는 것이었다. 둘째는 사람 구실은 잘할 수 있을까 하는 것이었는데, 이는 곧 장래 나의 직업에 대한 염려였다. 셋째는 결혼은 시킬 수 있을까 하는 걱정이었다.

하지만 정작 나는 내 앞날에 대해 그다지 크게 걱정하지 않았다. 공부야 내가 열심히 하면 될 것 같았고, 너무 어려서 직업의 중요성을 잘 몰랐기에 진로 역시 큰 걱정거리가 아니었다. 그런데 결혼 문제만은 나도 걱정이 되었다. 특히 집안 어른 한 분의 말씀을 듣고 난 뒤로 그 걱정은 더욱 심해졌다. 시골에 가면 많이 배우지는 못했어도 착한 여자들이 있는데, 그런 여자를 하나 데려다가 결혼시키면 되지 않겠느냐는 말이었다. 나중에 알게 된 사실이지만, 당시 이런 생각은 드문 게 아니었다. 내가 들었던 말과 비슷한 말을 어른들에게 들었다는 맹학교 친구들을 몇몇 만났다. 그때 우리는 하나같이 서로에게 그리고 우리 자신에게 약속했다. 혼자 살면 살았지, 말도 통하지 않을 그런 사람과는 결혼하지 않겠다고 말이다.

왼쪽 발목에 감겨 있는 보이지 않는 줄

아이들은 어른들이 하는 말을 잘 기억한다. 특히 속상하게 한 말이나 마음을 움직인 말은 아주 오래, 때로는 평생 간직하기도 한다. 배우지 못한 시골 여자에게 장가보내겠다는 말은 나에게 상처로 남았지만, 외삼촌의 여자 친구가 나에게 들려준 말은 희망이 되었다. 나중에 숙모가 된 그분은 배우자를 만나는 것에 대해 이렇게 설명해 주었다. 세상의 모든 사람과 마찬가지로, 나의 왼쪽 발목에는 눈에 보이지도 않고, 손에 잡히지도 않는 줄이 감겨 있다고. 이 줄의 반대 끝은 어느 예쁜 여자아이의 왼쪽 발목에 감겨 있는데, 언젠가 내가 그 아이를 만나 결혼하게 될 거라는 이야기였다. 집안 어른들의 말을 듣고 속상해하는 나에게 이 근거 없지만 듣기 좋은 말은 머릿속에 사진처럼 선명하게 남았다. 나와 미래 아내를 일찌감치 묶어 놓은 그 줄을 떠올리면 한편으론 마음이 놓이기도 했다.

그 후 만난 내 또래 여자 중, 나와 같은 줄로 연결되어 있으면 좋겠다는 기분 좋은 상상을 하게 한 사람도 꽤 있었다. 그러나 때로는 대화 한번 나눠 본 적 없는 시골 여자의 왼쪽 발목에 감긴 줄이 나에게 연결되어 있을지도 모른다는 걱정도 들었다. 마음에 둔 아이가 나에게 전혀 관심을 보이지 않을 때 특히 그랬다. 평생 혼자 살아야 할지도 모른다는 걱정이 머릿속을 떠나지 않았는데, 이것은 시각장애가 가져다준 대표적인 고민거리였다. 예를 들어, 내가 살고 있던 북서 뉴저지에서는 11학년(고등학교 2학년)이 되면 대개 아이들이 차를 운전한다. 여자 친구와 데이트하는 데에는 운전이 절대적으로 필요하다는 점이 나에겐 걸림돌이 되었다. 그래서 금요일 저녁이나 토요일에 집에서 공부나 하고 있을 때는 내가 운전을 못한다는 사실에 매우 속상해하곤 했다.

대학에 들어간 후, 내 짝을 빨리 찾아야겠다는 생각에 나는 더욱 조급해졌다. 왜냐하면 한 고등학교 선생님이 졸업을 앞둔 우리에게 이렇게 말해 주었기 때문이다. 결혼은 너무 일찍 하는 것도 아니고, 너무 늦게 하는 것도 아니라고. 너무 일찍 하면 준비가 안 된 두 아이가 같이 살아가는 데에 문제가 생길 수 있고, 너무 늦게 하면 어른으로서의 생활 습관이나 세상을 보는 가치관 등이 너무 굳어져서 완전히 화합하여 사는 데 어려움이 있을 수도 있다는 가르침이었다. 그런 이유로 배우자를 만나는 제일 이상적인 시기는 대학 시절임을 강조했다. 만일 대학 시절에 나의 왼쪽 발목과 연결된 상대를 찾지 못하면, 혼자 살아야 할 가능성이 커지겠구나 하는 생각을 나는 자주 하게 되었다.

고등학교 선생님의 말씀도 부족했는지, 대학 시절 다녔던 보스턴 한인 교회에서는 이렇게까지 가르쳤다. 장래 배우자에 대해서 본격적으로 그리고 심각하게 생각하기 시작하라고. 내가 원하는 배우자에 대한 위시리스트를 작성해서 목록의 한 가지 한 가지를 놓고 기도하라는 것이었다. 그런데 내 목록은 몇 페이지에 걸쳐 열 가지, 스무 가지도 넘게 작성한 친구들의 위시리스트에 비하면 터무니없이 짧고 간단했다. 나를 받아들여 사랑해 줄 크리스천 여자, 될 수 있으면 한국 사람, 이것뿐이었다. 나를 받아들인다는 말은 물론 나의 장애까지 받아들인다는 뜻이었다. 하지만 그런 여자가 과연 이 세상에 있겠느냐는 의문은 좀처럼 내 머릿속을 떠나지 않았다.

인연은 눈으로는 볼 수 없다

나와 인연의 줄로 묶여 있는 사람을 찾기란 정말 쉽지 않았다. 대학교 1학년 때부터 친하게 지냈던 한 여학생에게 언젠가 이렇게 물어본 일이 있다. 결혼할 때 부모님의 축복을 받는 것에 대해서 어떻게 생각하느냐고 말이다. 내 말의 의미를 알아들었는지 못 알아들었는지, 그 친구는 이렇게 대답했다. 결혼할 때 부모님의 축복은 절대적으로 중요하다고, 적어도 자신에게는.

이 질문에는 특별한 의미가 있었다. 서울맹학교 시절, 형들은 우리에게 될 수 있으면 오빠 없는 여자와 연애를 하라고 했다. 시각장애인과 딸의 결혼을 허락하는 부모는 극히 드문 데다가 그녀에게 오빠까지 있다면 심지어 위험하기까지 하다는 것이었다. 이는 심하게 매를 맞아 본 시각장애인 형들이 나에게 해 준 충고였다.

물론 나는 그 대학 친구에게 오빠가 있는지 물어보지는 않았다. 오빠가 때리면 한두 번 맞아 주는 것은 문제가 아니었으니까. 하지만 부모의 허락과 축복은 나에게도 역시 중요했다. 만일 내가 관심을 가졌던 그 친구도 부모의 축복을 절대적인 것으로 여긴다면, 나와 줄이 묶인 사람은 다른 곳에 있을지도 모르겠구나 하는 생각이 들었다.

아주 나중에 알게 된 사실이지만, 나와 인연의 줄이 묶여 있던 그 사람은, 나와 비슷한 시기에 부모님을 따라 한국을 떠나 브라질로 이민을 떠났다. 나와 동갑인 그 여자는 브라질에서 혼자 미국으로 유학을 오게 되었고, 공부, 교회 생활, 아르바이트, 자원봉사까지 하면서 열심히 살았다. 결혼과 시민권 수속을 통해 결국 '그레이스 근주 신'으로 개명하게 된 내 아내를 처음 만난 것은 1995년 초였다.

그때 나는 뉴욕 밀알 장애자 선교회라는 단체의 모임에 우연히 가게 되었다. 거기서 근주는 자원봉사를 하며 정신지체인, 자폐 아동 등을 가르치고 있었다. 처음 몇 달 동안은 서로에게 별 관심 없이 지냈다. 여기에는 이유가 있었다. 낯선 사람에게 사근사근 다가가는 성격이 아닌 그녀는, 다른 여자들과 다르게 내 안내견 빅(Vic)에게도 별 관심을 보이지 않았다. 그저 개털이 많이 날린다고 불평하면서 내 기분을 나쁘게 했을 뿐이다.

뉴욕 밀알 장애자 선교회 한 사람 한 사람의 목소리를 아직 모를 때, 나는 내 안내견에 대해서 유일하게 불평하는 여자가 누구인지 알고 싶었다. 그래서 선교회 총무에게 물어봤다. 그가 내 질문에 답한 말이 아직도 기억난다.

"어, 한근주라고 노처녀인데, 관심 있어?"

"아니요."

나는 펄쩍 뛰었다. 나에게도, 내 안내견에게도 관심을 보이는 자매님들이 많은데, 굳이 불평하는 여자에게 관심은 무슨! 그리고 노처녀 구제에 내가 왜? 얼마 후에 알게 된 사실이지만, 근주는 나보다 8개월 어린, 만 스물일곱 살 동갑내기였다.

대학에서 같이 공부하면서 가까워지는 것이나, 장애자 선교회에서 같이 일하면서 친해지는 것은 크게 다르지 않았다. 연애나 결혼을 목적으로 만나는 것보다 훨씬 더 자연스럽게 서로에 대해서 알게 되고, 관심을 두게 되었다. 선교회 봉사자들의 여름 캠핑 준비를 맡게 된 나는 시각장애인 남자들이 좋아하는 달콤한 목소리보다는 자신감에 찬 목소리의 소유자, 근주 자매에게 도움을 청했다. 그리고 밥하는 일만 아니면 다 돕겠다는 그녀의 조건을 받아들였다. 이 것이 평생 우리가 해야 할 협상 중 첫 번째였다는 사실을 당시 근주나 나는 알지 못했다.

텐트에서 생활할 때 꼭 필요한 손전등을 잊어버린 것만 빼면, 우리가 준비한 캠프는 아주 성공적이었다. 어떻게 손전등을 잊을 수가 있느냐는 사람들의 말에, 나는 준비 책임자 중 유일하게 손전등이 필요한 사람인 근주 자매에게 물어보라고 책임을 떠넘겼고, 근주 또한 최고 책임자인 나한테 물어보라고 다시 또 떠넘겼다. 뭘 잘못했을 때 책임을 돌릴 수 있는 사람이 생기는 것이야말로 결혼하는 이유 중 하나라고 누군가에게 들은 적이 있다. 손전등을 잊은 것에 대해 이렇게 농담하고 있을 때, 나는 이 여자 왼발을 한번 만져볼까 하는 생각이 들었다.

사랑은 현실 조건에 매이지 않고

마음으로 상대를 보는 것

우리는 몇 달 동안 다른 사람들 눈을 피해 데이트를 했고, 둘 다

눈에 보일 정도로 몸무게가 늘었을 때, 결혼에 대한 얘기를 시작했다. 자주 외식을 하기보다는 같이 살면서 밥을 해 먹으면 다이어트도 할 수 있을 것 같았다. 또 노처녀 노총각은 아니지만, 더 이상 생활 습관이 굳어지기 전에 결혼을 해야겠다고 생각한 것이다. 결국 3년을 기다려 보고 마음이 변하지 않으면 결혼해도 좋다는 근주 부모님의 말씀을 우리는 따르기로 했다. 그런데 우리의 태도를 접한 부모님은 얼마 되지 않아 그 대기 기간을 철회했다. 3년을 기다려도 달라질 게 없다고 생각했던 모양이다. 아니면 계속되는 외식으로 늘어만 가는 우리의 몸무게를 걱정했는지도 모르겠다. 그렇게 걱정했던 근주의 오빠도, 나를 때리려고 하기는커녕 처음부터 반말을 건네며 친근하게 대해 주었다. 누군가 그런 말을 했다. 걱정하는 일 중 대부분은 일어나지 않는다고.

신혼 때 문득 나는 근주에게 물어봤다. 배우자에 대한 위시리스트를 작성한 적이 있느냐고. 근주는 아주 긴 리스트를 만들었었는데, 시간 낭비였던 것 같다고 말했다. 리스트와는 달리 키도 작고, 누가 봐도 날씬하지 않고, 게다가 장애가 있는 사람과 결혼하리라는 생각은 해 본 적이 없다는 말에, 나는 더 자세히 캐묻지 않을 수 없었다. 내가 선교회에 오기 전에 있었던 한 모임에서 근주는 과연 장애인과 결혼할 수 있을까 하는 토론을 한 적이 있단다. 여러 자매님 중 유일하게 절대 그럴 수 없다고 했던 그녀가 아이러니하게도 거기 있던 사람 중 유일하게 장애인과 결혼하게 된 것이었다.

그러면 왜 나와 결혼할 생각을 했느냐고 물었다. 근주는 세 가지를 말해 주었다. 말이 통하는 사람, 믿음이 가는 사람, 그리고 항상 내 편이 되어 줄 수 있는 사람이라고 생각했다는 것이었다. 같은 질문에 나는 이렇게 말해 주었다. 무엇보다 나는 근주의 자신감이 좋았다고. 같이 걸어 다닐 때 우리에게 쏟아지는 눈길, 특히 한국 사람들로부터 받는 관심에 대해 근주는 결코 부끄러워하지 않았다. 우리 사이를 사람들에게 밝힌 뒤, 근주는 나와 데이트하는 것을 자랑스럽게 생각했고, 또 그렇게 행동했다. 내가 나의 직업에 대해 걱정할 때, 근주는 자기 혼자 벌어도 둘이 충분히 먹고살 수 있다고 말해 주었다. 그런 자신감을 나는 소중하게 생각했다.

돌아보면 결혼을 꿈꾸고 준비할 때, 위시리스트를 두 개 작성해야 했다. 나의 배우사가 어떤 사람이었으면 하는 리스트도 중요하지만, 더 중요한 것은 내가 배우자에게 어떤 사람이 되었으면 좋겠다는 목록을 작성하고 준비하는 것이었다. 근주는 그녀의 당당함으로 나에게 자신감을 선물해 주었고, 나는 근주에게 평생 한편이 되어 줄 거란 믿음을 주었다. 한참 후에 생각하게 된 것이지만, 결혼을 통해 더 부자가 되겠다, 혹은 더 좋은 집안의 식구가 되겠다는 계산은 왜 둘 다 잊었는지 모르겠다. 아마도 그런 목적은 우리의 힘, 우리의 사랑, 그리고 우리의 신앙으로 이루어 갈 수 있다고 생각했던 모양이다. 결혼한 지 19년이 지난 지금도 우리는 두 아이를 키우면서 그 목적을 향해 하루하루 걸어가고 있다.

3
편견에 눈이 가리면 안 됩니다

—— 세상을 왜곡되어 보이게 하는 것들

나는 사람들이 흔히 말하는 시각장애인으로, 미국에는 급수가 없지만 한국에서는 '1급' 시각장애인에 해당한다.(내가 아무런 노력 없이 1급이 될 수 있었던 것은 이것이 유일하다.) 이는 곧 가장 심한 시각장애를 가진 사람이라는 말이다. 즉 빛조차 볼 수 없는, 끓는 물속의 얼음처럼 시력이 완전히 사라져 버린 사람들에게 주어지는 일종의 '계급'이다.

그러나 시력이 없다는 것은 시각장애의 시작일 뿐이다. 나를 시각장애인으로 만드는 것은 안과 의사의 진단 외에 적어도 세 가지가 더 있다. 사람들의 눈을 가리는 잘못된 생각이나 믿음에서 비롯되는 이것들 때문에 시각장애는 많은 사람에게 아주 큰 삶의 장벽이 되어 버리곤 한다.

누구든 편견의 함정에 빠질 수 있다

나를 더욱 심한 장애인으로 만드는 것 중 하나는 다른 이들의 태도와 생각이다. 앞을 볼 수 있는 사람이 앞을 볼 수 없는 사람을 만나거나 그런 사람들에 대해서 생각할 때는, 크게 두 가지 이유로 생각과 태도가 잘못될 수 있다.

첫째는 누구든 그 피해자가 될 수 있는 '편견'이다. 뚱뚱한 사람은 게으르다, 일류 대학 졸업생은 똑똑하고 실력이 월등하다, 키가 작은 남자는 큰 야망의 소유자일 가능성이 크다 등등.

내가 경험한 편견 중 제일 기억에 남는 것은 뉴욕에서 가장 큰 한인교회의 목사님이 그 교회의 한 성도 부부에게 해 준 조언이다. 딸이 시각장애인, 즉 나와 결혼을 하겠다고 하는데 어쩌면 좋으냐는 질문을 받은 목사님은 시각장애인 남자는 의처증이 심하다고 했다고 한다. 딸이 의심받으면서 맞고 살지 않으려면 그 결혼을 반대해야 한다는 뜻이었을 것이다. 그런데 딸의 남자 친구가 하버드 대학 졸업생이고, MIT에서 박사 학위 공부를 하고 있다는 말을 듣자 목사님은 흔쾌히, 그러면 결혼을 시키라고 입장을 바꿨다고 한다.

학벌이 좋은 사람은 의처증이 덜 심하다고 생각했는지, 아니면 학벌 좋은 사람과 살면 편히 살 수 있을 테니 좀 맞아도 된다고 생각했는지는 잘 모르겠지만, 나는 학벌 덕에 큰 반대 없이 결혼할 수 있었다. 이 목사님의 태도는 시각장애인 남자들에 대한 부정적인 편견과 학벌 좋은 사람들에 대한 긍정적인 편견을 동시에 나타내 주는 것이었다.

편견이 잘못된 기대치를 낳는다

둘째는 시각장애인을 향한 '잘못된 기대치'다. 예를 들어, 시각장애인은 청각이 뛰어나다고들 말한다. 이것이 통계적으로 신빙성 있는 가정이라고 해도, 나에게는 해당되지 않는 말이다. 남보다 청각이 뛰어나기는커녕, 오히려 좋지 않기 때문이다.

그래도 이러한 기대치는 긍정적인 편이다. 반대로 부정적인 것들도 많다. 아직도 잊을 수 없는 사건 하나를 얘기하고 싶다. 고등학교 시절 나는 영주권을 받기 위한 방법을 여러모로 알아보고 궁리했다. 가족 초대 이민도, 직업 이민도 불가능했던 나는 뉴저지 주의 시각장애인 서비스 기관의 책임자를 만났을 때, 영주권을 받을 수 있도록 도와 달라고 말했다. 뉴저지 주지사를 잘 알고 있던 그는 내 사정을 주지사에게 얘기하는 게 어떻겠냐고 했다. 그래서 주지사와 아주 가까운 재미교포 한 사람을 소개받았다.

그 재미교포는 닥터 킴이라는 사람이었다. 그가 뉴저지 주지사와 어떤 관계였는지는 잘 모르겠지만, 여하튼 정치적인 파워가 있는 사람처럼 보였다. 뉴저지 주를 대표하는 국회의원을 설득하여 내가 특별 케이스로 영주권을 받을 수 있도록 힘을 써 줄 사람이라고 생각했던 것이다.

그런데 그와 나의 단 한 번의 전화 통화는 씁쓸하게 끝나고 말았다. 그는 영주권을 받게 해 주는 데는 문제가 없다는 투로 대화를 시작했다. 하지만 목표하는 대학이 프린스턴이라고 말하자 그의 태도는 완전히 돌변했다. 뉴저지 주립대학인 러트거스를 말하는 게 아니냐고 나에게 되물었다. 러트거스에 원서를 낼 생각도 하지 않고 있던 나는, 아이비리그 학교 중 하나인 프린스턴이 내가 첫째로 지망하는 학교라고 다시 강조했다. 그러자 그는 기가 막히다는 투로 나에게 프린스턴은 나를 받아 주지 않을 거라고 말했다.

당시 그가 나에 대해 알고 있는 것은 다음 세 가지뿐이었다. 이름, 유학생이라는 신분 그리고 시각장애인이라는 것. 내 학교 성적이나 SAT 등 대학 입시 시험 점수를 알고 있는 것도 아니었고, 학업 외 활동으로 뭘 했는지도 몰랐으며, 내가 어떤 인격의 사람이었는지도 모르는 상황이었다. 그렇다고 프린스턴에 한국 유학생을 받아 주지 않는다는 정책이 있는 것도 아니었는데, 그는 내가 거기에 들어갈 수 없을 거라고 확신했다. 그래도 내가 주제 파악을 하지 못하고 목표를 바꾸지 않자, 나중에 다시 연락하겠다며 전화를 끊었다. 내 전화번호를 물어보지도 않고서 말이다.

돌이켜 생각해 봐도 그가 왜 내가 프린스턴 대학에 불합격할 거라고 확신했는지 잘 모르겠다. 프린스턴에 대한 남다른 정보가 있었을까? 예를 들어, 프린스턴이 시각장애인 학생을 받아들이지 않는다는 정책 아래 입학 원서 심사를 하고 있다는 것? 하지만 내가 지원했던 해에 나와 또 다른 시각장애인 여학생이 프린스턴에 합격했다. 또 당시 그 학교에는 시각장애인 학생이 둘이나 더 있었기 때문에, 그런 차별정책은 없는 게 분명했다. 결국 닥터 킴의 주장은 그의 시각장애인에 대한 기대치를 말해 주는 거라고 결론지을 수밖에 없을 듯하다. 이런 사람이 장애인의 삶에 영향을 끼치는 정치적·사회적 혹은 교육적으로 주요한 위치에 있다면 장애인 학생들에게, 특히 자신감이 모자라는 학생들에게 부정적인 영향을 줄 수도 있겠다는 생각을 조심스럽게 해 본다.

스스로 움츠러드는 태도는 더욱 해롭다

마지막으로 시각장애인 '본인의 태도'도 자신을 장애인으로 한계 짓는 요소 중 하나다. 장애 때문에 이것도 못 하고 저것도 못 한다는 생각을, 다른 이들보다 장애인 스스로가 할 때 본인에게 더 해로울 수 있다.

예를 들어 시각장애인 학생이 다니는 학교에서 양궁을 가르치는 시간이 있다면, 우선 그 학생은 거기서 제외되는 것이 당연하다고 대부분은 생각할 것이다. 하지만 내가 다닌 고등학교 양궁 선생님의 생각은 달랐다. 할 수 있다고 믿고, 표적을 보지 못하는 것을 어떤 방법으로 극복할 수 있을지 연구해 보자고 선생님은 오히려 나를 설득했다.

활을 쏘기 위해 내가 서 있을 장소와 표적을 고정해 놓고, 그것을 바라보는 각도가 잘못되지 않도록 교실 책상을 내 앞에 반듯하게 놓아두었다. 나는 그 책상 뒤에 서서 어깨를 똑바로 하도록 노력했다. 고개를 들고 정면을 바라볼 때 내 얼굴이 정확하게 표적을 향할 수 있도록. 그리고 활에 화살을 넣고, 화살이 나의 정면에 있는 표적을 향하도록 방향을 맞춰 쏘았다. 쏘고 또 쏘고, 양궁 반 친구들이 화살을 주워다 주면 계속 또 쏘았다. 표적에 화살이 박히면 반 친구들이 크게 소리치면서 박수를 쳐 주곤 했는데, 물론 나는 그 소리를 자주 듣지는 못했다.

이러한 경험을 통해 내가 배운 것은 양궁이 아니었다. 오히려 내가 절실하게 얻은 것은 "세상에는 앞을 볼 수 없는 사람들이 할 수 없는 일이 많다."는 일상적인 생각에서 나 자신을 탈출시키는 지혜였다. 시각장애인에게 불가능할 것만 같은 일도 창의력 있게 그 방법을 조금만 바꾸면, 충분히 가능한 일로 만들 수 있다. 훗날 월가에서 투자 은행 일과 애널리스트 일에 도전하게 된 것도 이때 얻은 자신감 때문이었으리라.

무엇이든 할 수 있다는
마음의 소중함

편견, 잘못된 기대치 그리고 스스로 움츠러드는 태도는 장애인들만이 염려할 것은 아니다. 이런 현실을 불러일으킬 수 있는 것은 장애 외에도 많다. 어려운 가정환경, 하고 싶은 일에 비해 자꾸만 제한되는 나의 능력, 별 도움이 되지 않는 사회성, 매사에 부정적인 태도 등등. 이런 것들은 장애가 있든 없든 상관없이 우리 모두를 꽉 잡아 놓고, 삶을 크게 좌우할 수 있는 것들이다.

사람들은 흔히 이런 말을 한다. 세상에는 내가 노력해서 할 수 있는 일이 있고, 아무리 노력해도 할 수 없는 일이 있다고. 그런데 이 두 가지를 가르고 구분하는 기준은 대부분 사람이 저마다 갖고 있는 생각이다. 그러므로 이 차이는 영원히 정해져 있지는 않다고 본다. 생각에 따라 충분히 변할 수 있다고, 즉 할 수 없는 일이 할 수 있는 일로 바뀔 수 있다고 나는 믿는다.

나의 미국 맘은 나에게 이런 말을 해 준 적이 있다. 세상이 바뀌기를 기대하기보다는 나를 먼저 바꾸기가 더 쉽다고. 그리고 바뀐 나를 보면서 세상이 바뀔 가능성은 커질 거라고.

나에게는 이 말이 장애를 이기는 데 소중한 조언이 되어 주었다. 비단 이 말은 장애를 극복하는 데에만 적용되는 지혜는 아닐 것이다. 나의 환경이나 배경에 대해 남들이 가지고 있는 편견이나 기대치에 갇히지 않고 무슨 일이든 할 수 있다는 마음을 갖는 것은 얼마나 중요한가? 누구보다 내가 먼저 잘못된 마음이란 안대를 눈에서 떼어 버리고 세상을, 또 나 자신을 본다면, 많은 이들이 가진 삶의 장벽도 점점 무너지기 시작하지 않을까?

4
덜 보아야 소중한 것들을
볼 수 있습니다
─ '소음'에서 '신호' 구별해 내기

시각장애인들이 어떻게 컴퓨터를 쓰는지 궁금해하는 사람들이 많다. 신용 등급회사 애널리스트들처럼 이메일과 전화만으로 나와 연락하던 사람들이 나를 직접 만나면, 내가 시각장애인이라는 사실을 알고 놀라곤 한다. 그 이유 중 하나는 눈이 보이지 않는 사람이 어떻게 컴퓨터를 쓰는지 쉽게 상상이 가지 않기 때문일 것이다. 특히 내가 이메일을 자주 쓰는 것은 물론 웹사이트에서 글을 읽고, 파일도 다운로드하고, 엑셀 스프레드시트 등을 검토하면서 일하는 것을 잘 알기 때문에 더욱 그렇다. 기회가 될 때마다 그들을 사무실에 초대해 직접 내가 사용하는 컴퓨터를 보여 주곤 하는데, 그렇게 할 수 없는 이들에게는 내가 늘 하는 말이 있다.

"지금 쓰고 있는 컴퓨터의 모니터를 꺼 보세요. 그리고 항상 눈으로 들여다보던 스크린이 없는 대신, 컴퓨터가 말로, 그리고 다이내믹한 '점자 디스플레이'(많은 점이 올라가고 내려가면서 점자로 컴퓨터 스크린을 보여 주는 기계)로 스크린에 나타나는 정보를 내보낸다고 상상해 보세요. 이것이 바로 스크린리더라는 프로그램이 날 위해 해 주는 일입니다."

내가 사용하는 컴퓨터는 그리 특별한 것이 아니다. 많은 사람이 쓰는 인텔 컴퓨터, 즉 인텔 같은 회사가 만든 프로세서와 마이크로소프트 윈도즈 OS를 주축으로 생산되는 일반 컴퓨터를 사용한다. 다만 스크린리더를 꼭 설치해야만 그 컴퓨터를 쓸 수 있다. 주로 사용하는 프로그램들 역시 워드, 엑셀, 인터넷 익스플로러 등 다른 사람이 흔히 쓰는 것들이다. 하지만 모니터에는 신경을 쓰지 않고(대개 꺼놓는다.) 스크린리더가 출력하는 정보를 귀로 듣고 손으로 읽으며 일한다.

이처럼 앞을 보는 이들과 별로 차이 없이 사는 나에게 사람들은 참 대단하다고 말한다. 그런데 사실 나보다는 지금의 세상이 더 대단한 게 아닌가 싶다. 불편함을 줄여 주는 특별한 테크놀로지 덕분에 나 같은 장애인들도 21세기 정보화시대의 떳떳한 한 멤버가 될 수 있으니 말이다.

쏟아지는 정보, 가려서 봐야 한다

눈을 통해 습득할 수 있는 것은 전부 정보다. 내 곁에 있는 사물의 형태와 위치, 나에게 다가오는 사람의 모습과 걷는 속도, 내 앞에 앉아 있는 사람의 표정과 행동, 언젠가 아내에게 감동을 준 그랜드 캐니언의 웅장함 등등. 이런 시각정보는 모두 각막, 망막 그리고 시신경을 통해 시각령을 자극함으로써 우리 머릿속으로 들어온다. 이 경로에 관련된 것 중 무엇 하나라도 작동되지 않으면, 실명하게 되는 것이다. 곧 시각 장애란 결국 정보 습득 장애를 뜻한다.

그러나 이제는 시각 장애가 정보 습득 장애와 동의어가 아닌 새로운 시대가 왔다. 내가 맹학교에서 점자를 배울 때만 해도 공부에 필요한 자료가 부족했지만, 거의 40년이 지난 지금은 상황이 많이 달라졌다. 마음만 먹으면 시각장애인들도 많은 정보를 어렵지 않게 얻을 수 있게 되었다. 특별히 시각장애인들을 위해서 많은 점자책과 녹음 오디오북을 생산·공급하는 기관들 때문이 아니라, 천문학적인 양의 정보가 널려 있는 인포메이션 슈퍼하이웨이, 즉 인터넷과 그것을 쉽게 초고속으로 건너다니게 해 주는 컴퓨터, 스마트폰, 태블릿 같은 기술들 때문이다. 요즘은 구글 같은 검색 엔진을 통해서 찾아볼 수 없는 정보가 없다고 해도 과언이 아닐 듯하다. 매일 매시간 전 세계의 대중매체에서 쏟아져 나오는 뉴스도 쉽게 찾아볼 수 있다. 또 이메일, 채팅 프로그램, 그리고 소셜 네트워킹 사이트들을 통해서, 사람들끼리 메시지와 여러 정보를 주고받을 수 있다. 시각장애인들도 마찬가지로, 스크린리더를 사용해서 거의 같은 방법으로 정보를 찾고 주고받을 수 있다. 물론 사진이나 그래픽 그리고 영상이 중심이 되는 콘텐츠라면 100퍼센트 이해하기 어렵겠지만.

그런데 여기에는 한 가지 아이러니한 점이 있다. 우리가 요즘 찾아보고, 또 소셜 네트워킹을 통해서 흡수하는 정보의 양은 아주 많지만, 우리 삶에 도움이 되지 않거나 질이 떨어지는 정보도 참 많나는 것이다. 언젠가 갈렙 카라가 쓴 『킬링 타임(Killing Time)』이라는 소설을 읽었는데, "정보는 지식이 아니다(Information is not knowledge)."가 주요 테마였다. 이 책에는 실제로 있지도 않은 사람을, 인터넷을 통해서 한 주의 국회의원으로 당선시키는 이야기도 나온다. 이 책을 읽었을 때 내가 떠올린 것은 대학교를 다니던 무렵 있었던 한 사건이었다.

하버드 대학에서 공부할 때, 나는 학교 컴퓨터 유저센터에서 일을 했다. 거기에는 다른 한국계 미국 학생들도 함께 일하고 있었다. 그런데 그중 한 학생이 한국전쟁은 남한과 미국이 함께 북침을 해서 시작되었다는 글을 아주 그럴듯하게 써서 인터넷에 올렸다. 그러자 많은 사람이 그 글을 복음처럼 받아들이면서 한국과 미국을 욕하고, 그동안 오해받아 온 북한을 옹호했다. 나는 그 글을 올린 학생에게 정말 북침설을 믿느냐고 물어보았다. 그러자 그 학생은 나한테 미쳤느냐고 하면서, 자기는 그냥 한번 실험해 본 것뿐이라고 말했다. 그럴듯하게 지어낸 증거로 글을 쓰면 얼마나 많은 사람을 속일 수 있는지 알고 싶어서 그런 일을 했다는 것이었다. 나는 인터넷에 믿을 수 없는 글이 뜨면 항상 그때의 학생과 글을 떠올리게 된다.

적은 것이 많은 것이다(Less is more)

쏟아지는 정보를 가려보는 일은 나에게는 아주 중요하다. 내가 찾아서 읽을 수 있는 정보는 그리 제한되어 있지 않지만, 스크린에 나오는 정보를 한눈에 다 보는 사람들보다는 아무래도 정보를 흡수하는 속도가 더디기 때문이다. 아무리 컴퓨터의 말 속도를 빠르게 설정한다고 할지라도, 스크린을 한번에 훑어보고 원하는 정보가 거기 있는지 없는지 확인하는 사람과 같은 시간 안에 비슷한 양의 사실을 알기는 어렵다. 또 한꺼번에 80글자만 나오는 점자 디스플레이 역시 폰트에 따라 몇 천 글자를 한 번에 보여 주는 모니터와는 상대가 될 수 없다.

그러다 보니 나는 꼭 필요한 정보만을 읽고 검토하는 능력을 쌓아야 했다. 다른 사람이 어떤 주제에 대해 쓴 글을 수동적으로 읽기보다는 내게 필요한 것을 직접 찾아 읽는 버릇을 갖게 되었다. 소위 '프라이머리 소스(primary source)'를 '세컨더리 소스(secondary source)'보다 더 먼저 찾아보는 것이다. 또 정보나 글을 제공하는 단체와 글을 쓴 사람에 대한 신빙성을 경험을 통해 확인하고, 이에 따라 무엇을 먼저 읽고 나중에 읽을지, 혹은 아예 읽지 않을지 결정하게 되었다. 시각장애 탓에 이런 정보 습득 스타일을 개발할 수밖에 없었지만, 오히려 이는 내가 하는 일에 많은 도움이 된다. 증권의 장기 가치는 객관적인 것들로 결정되지만, 매일매일 쏟아져 나오는 루머, 뉴스 그리고 많은 사람의 소견 등으로 인해 가격은 시시각각 오르내린다. 이 모든 것을 흡수하면서도 항상 흔들리지 않을 사람은 그렇게 많지 않다. 이런 루머나 신빙성 떨어지는 뉴스와 소견을 아예 보지 않는다면, 그것들 때문에 증권 가치를 불필요하게 다시 계산하거나 불리한 매매를 하지는 않을 것이다.

일뿐만이 아니라 삶에서도 이렇게 정보를 습득하고 분석하는 스타일은 도움이 된다. 우선 현대 사회에서 언제 어디서나 마주치는 광고를 이메일에서나 웹사이트에서 쉽게 무시하게 되니, 쓸데없는 유혹을 이길 수 있다. 또 소셜 네트워킹 사이트에서도 검색에 따라 보고 싶은 것만 보게 되니, 시간을 낭비하거나 감정이 불필요하게 상하는 일도 드물어진다.

더 중요한 것은 증권의 장기 가치가 눈에 보이지 않고, 또 몇 가지 간단한 것들로 결정되듯이 삶에서 중요한 것들도 마찬가지로 보이지 않고, 몇 가지 간단한 것들로 결정되고 유지된다는 사실을 아는 것이다. 예를 들어, 결혼은 오래도록 서로 죽을 때까지 사랑하기 위해서 하는 것이라는 진리를 잊지 않는 일이다. 그리고 사랑은 느낌이 아니라, 나의 결정임을 역시 기억하고 사는 것이다. 아이를 몇이나 낳고, 어떤 집에서 살고, 부부가 어떻게 집안일을 나누어서 할지 등을 결정하는 것은 그다음 문제라는 말이다.

사람의 오감 중 정보를 가장 많이, 빨리, 그리고 대체로 정확하게 제공해 주는 것은 시각이다. 그 시각을 나는 아홉 살 때 잃었다. 그러나 현대를 사는 우리가 시각을 통해, 특히 스크린을 통해 받아들이는 것 중 우리에게 도움이 되는 것은 그리 많지 않다고 생각한다. 시각장애인은 눈을 통해서 볼 수 있는 권리를 잃은 사람이다. 하지만 현대인 대부분은 보지 않아도 되는 것을 거부할 자유를 자발적으로 포기하고 사는 듯하다. 그래서 정작 보아야 할 것들, 부모의 사랑을 갈망하는 아이들의 눈빛, 화가 났을 때도 감출 수 없는 엄마의 애틋한 표정, 외로움으로 어두워진 배우자의 얼굴빛 등을 보지 못한다. 대중매체나 소셜 네트워크에 사로잡히기 쉬운 오늘, 거기에서 눈을 떼고 사랑하는 이들의 얼굴을 자세히, 더 자주 바라본다면, 세상의 '소음'에서 빠져나와 우리에게 소중한 '신호'를 더 의식하는 삶을 살 수 있지 않을까.

"You are not handicapped.

You are handycapable."

(너는 장애인이 아니야. 유능한 사람이지.)

"You are not handicapped. You just can't see(너는 장애인이 아니야. 그냥 못 보는 것뿐이지)."

처음 대드가 이 말을 해 주었을 때 나의 귀에는 그저 같은 말을 듣기 좋게 하는 것처럼 들렸다. 그것을 느꼈는지, 대드는 이렇게 말을 바꾸어 나를 격려하기 시작했다.

"You are not handicapped. You are handycapable(너는 장애인이 아니야. 유능한 사람이지)."

'핸디케이퍼블(handycapable)'이란 말은 영어 사전에 없다. '손재주'나 '좋은 솜씨'를 뜻하는 '핸디(handy)'라는 단어와 '유능한'이란 뜻이 있는 '케이퍼블(capable)'을 합쳐서, '장애'를 뜻하는 '핸디캡트(handicapped)'와 비슷하게 대드가 만든 새로운 단어였다. 대드가 나에게 해 주고 싶은 말은 이런 것이었다. 볼 수 없는 것과 상관없이 유능하게 할 수 있는 게 많은 사람이 바로 나라고.

그런데 참 이상한 일이었다. 그런 말을 계속 들으며 지내다 보니, 장애를 삶의 가장 큰 의미로 삼아 왔던 내 행동에 변화가 생기기 시작했다. 볼 수가 없으니 할 수도 없다는 생각이 앞서곤 했던 버릇이 점점 사라진 것이었다.

대드가 나를 위해 만들어 주었던 그 말은 내 생활을 다채롭게 해 주었다. 매달 열리는 수학 경시대회에도 나갈 수 있었고, 나중에는 10종 학력 경시대회 (Academic Decathlon)에도 나갈 수 있었다. 10학년부터는 매년 봄에 하는 학생 뮤지컬에도 출연했고, 11학년이 되던 해에는 학생회 회장 선거에 출마해 학교 역사상 처음으로 2년 연속 학생회장을 맡기도 했다. 대드가 날 위해 만든 이 한마디 말에 놀랍게도 나는 무엇이든 할 수 있다는 자신감을 갖게 되었던 것이다.

오랜 세월이 지난 후 어디에선가

나는 한숨지으며 이야기할 것입니다.

숲 속에 두 갈래 길이 있었고,

나는 사람이 덜 다닌 길을 택했다고

그리고 그것이 내 인생을 완전히 바꿔 놓았다고.

─로버트 프로스트의 「가지 않은 길」 중

소중한 것
둘

꿈

열여섯 번째 생일에 뉴욕에서 LA로 가는 비행기 안에서.

"길을 가다 보면 돌아가야 하는 때도 있고,
방향을 다시 잡아야 하는 때도 있으며
아예 목적지를 바꾸어 가야 할 때도 있다.
중요한 것은 목적지에 도착할 때까지 계속 가는 것이다.
끊임없는 커브길, 오르내림이 심한 언덕길,
그리고 장애물이 수두룩한 위험한 길이
우리 앞에 나타날 거라고 당연하게 받아들인다면
험난한 길 위에서도 자신감과 희망을 잃지 않을 수 있다."

5
꿈은 클수록 좋고,
터무니없어도 괜찮습니다

— 열다섯에 홀로 떠난 미국 유학길

1939년에 개봉된 영화 「오즈의 마법사」에 나오는 소녀 도로시는 허무맹랑한 꿈을 꾼다. 무지개 너머 높은 곳에 있는 언젠가 자장가에서 들었던 나라, 꿈이 현실이 되는 곳, 파랑새가 파란 하늘을 나는 곳, 온갖 문제들이 레몬 사탕처럼 녹아 버리는 그곳에 가기를 소망하며 노래한다. 이 노래 끝에는 도로시가 원하는 꿈 중 제일 터무니없는 것이 나온다.

"행복한 작은 파랑새들이 무지개 너머로 날아갈 수 있는데, 왜 나라고 그렇게 할 수 없을까요?"

이 영화의 줄거리에 따르면, 도로시는 회오리바람을 타고 그 나라에 가게 된다.

그리고 「오즈의 마법사」에서 도로시를 무지개 너머의 나라로 데려간 것이 회오리바람이라면, 나를 꿈의 나라로 향하게 한 것은, 뜻밖에도 소질이 없는데도 이를 악물고 계속 연습했던 피아노였다.

내 꿈을 무너뜨린 검정 꽃

1967년 1월생인 니는 원래 1973년 봄에 학교에 입학했어야 했다. 그러나 그때까지도 시력이 좋지 않아 학교에 들어갈 수 없었다. 그다음 해, 1974년 봄까지 남은 날짜를 하루하루 세면서 나도 학교에 갈 수 있을 거란 꿈을 꾸던 나날들이 아직 기억 속에 뚜렷하다. 300일, 200일, 100일…… 그러나 그 꿈은 1974년 초 내 눈 앞에 찰싹 달라붙어 버린 검정 꽃 때문에 봄날에 눈 녹듯이 사라져 버렸다.

눈을 뜨면 항상 그 꽃이 내 앞에 있었다. 손을 내밀어 잡으려고 해 봤지만, 잡히지 않았다. 그리고 그 꽃을 볼 수 있는 사람은 주위에 아무도 없었다. 다른 사람에게는 보이지 않는데 나에게만 보이면 그건 귀신이 장난하는 거라고 언젠가 어른들이 말해 주었다. 그런데 나를 항상 따라다니는 검정 꽃은 귀신하고는 상관없는 듯했다. 그 검정 꽃이 무섭기는커녕 나에게만 보이는 무언가가 있다는 게 신기하기만 했다. 강둑 위에서 빨리 달릴 때도 내 곁을 떠나지 않았던 그 검정 꽃은 나만 아는 소중한 비밀이 되어 버렸다.

하지만 그 꽃은 결코 선물이 아니었다. 귀신의 장난보다 더 무서워해야 할 것이었다. 3년 후에 있을 완전 실명을 예고해 주는 경고였으니까. 이유는 알 수 없지만, 내가 의지하고 있었던 오른쪽 눈에도 망막박리가 왔다. 망막은 눈과 시신경을 연결하여 안구가 찍는 사진을 뇌가 볼 수 있도록 해 준다. 이것이 분리되면서 시각에 생긴 맹점을 검정 꽃이라고 생각했던 것이다.

망막이라는 것은 달걀 껍데기 안쪽에 붙어 있는 막처럼 얇아서, 이것이 떨어질 경우 할 수 있는 의학적인 대처가 당시에는 거의 없었다. 지금은 레이저로 수술하는 방법도 있지만, 1970년대 한국에서 할 수 있는 유일한 망막박리 수술은 떨어진 막을 손으로 꿰매는 것뿐이었다. 이 수술을 두 번이나 받아 봤지만 모두 실패하고, 부모님은 이제 의사들이 해 줄 수 있는 것은 아무것도 없다는 말을 1975년 여름에 듣게 된다.

형이나 동네 친구들처럼 일반 학교에 입학할 거란 꿈은 사라져 버렸다. 하지만 얼마 지나지 않아 나는 또 다른 꿈을 품고 살기 시작했다. 시각장애인 학생들을 교육하는 특수학교인 서울맹학교에 입학한 후 나는 이런 얘기를 들었다. 시각장애인들이 대학에 입학하기는 참 어렵다고. 게다가 일류 대학 중에서도 연세대에서 공부한 선배들은 몇 있었어도, 서울대에 합격하는 것은 불가능하다고 다들 확신했다. 서울대는 아예 시력이 얼마가 되어야 한다는 규정을 입학 요건으로 정해 놓았다는 이유에서였다. 이것이 사실이었는지는 모르겠지만, 나는 내가 꼭 서울대에 입학하여 시각장애인도 우리나라의 최고 대학에서 공부할 수 있음을 보여 주리라 결심했다. 물론 당시로서는 아무 근거 없는 허무맹랑한 생각이긴 했지만.

터무니없는 꿈에도 장점이 있다

하늘에 둥둥 떠 있는 구름을 잡는 듯한 막연한 꿈은 계속 내 머릿속에 찾아 왔다. 예를 들어 존경하는 어느 고등부 형이 MBC 장학퀴즈 프로그램에서 장원이 되자, 나는 꼭 '장원 중 장원'이 되리라고 마음먹었다. 그건 약과였다. 엄마의 권유, 아니 강요로 나는 1976년 가을부터 피아노를 배웠는데, 이것은 나를 맹학교 음악 선생님으로 만들어야겠다는 엄마의 계획 때문이었다. 피아노를 치면서 점자 악보도 빨리 배우고, 곡을 외우는 것도 잘한다는 말은 종종 들었지만, 유감스럽게도 음악엔 전혀 소질이 없다는 말도 많이, 그리고 자주 들었다. 타고난 음악 소질을 가진 학생들이 유난히도 많았던 서울맹학교에서는 정말 명함도 꺼내지 못할 정도로 나는 음악을 못했다. 음치일 뿐만 아니라 어떤 음악이 무슨 이유로 감동적인지도 알지 못했다. 그런데도 나는 학교 음악 선생님이 되기보다는 국제 콩쿠르에서 빛나는 1등을 차지한 뒤 세계를 돌아다니면서 연주 생활을 하는 유명한 피아니스트가 되리라 결심했다. 물론 장학퀴즈 대장원이 되고, 서울대를 졸업한 뒤에 말이다.

꿈이라는 것은 참 이상하다. 적어도 나에게는 그랬다. 누군가 내게 무엇을 할 수 없을 거라고 말하면, 그 말은 오히려 나에게 그것에 대한 큰 꿈을 심어 주곤 했다. 시각장애인은 서울대 문턱을 넘을 수 없는 거라는 말에, 나는 우리나라 최고의 대학에 꼭 가야겠다는 결심을 굳혔다. 마찬가지로 세계적인 피아니스트의 꿈도 음악에 소질이 없다는 평가를 자주 들으면서 내 마음속에 싹트기 시작했다. 다른 사람들이 이런 말을 들으면, 괜한 오기를 부린다고 할 수 있을 듯하다. 그들의 말이 완전히 틀렸다고 나도 자신 있게 말할 수는 없다.

그런데 터무니없는 꿈을 좇는 것에는 확실한 장점이 있다. 서울대에 입학하려면 적어도 공부는 누구보다 잘해야겠다는 생각을 하게 된다. 그래서 학교에서 제공하는 점자 교과서뿐만 아니라, 엄마의 열성으로 만든 점자 전과 참고서까지도 열심히 읽으며 공부했다. 반에서 1등을 놓치지 않으려 애썼고, 시험 점수가 생각보다 덜 나올 때면 속상한 나머지 편히 잠들지 못했다.

어떻게 보면 점수만을 추구하는 비효율적인 공부 스타일이라고도 할 수 있겠다. 사실 초등학교 성적이 삶에 그리 큰 영향을 주는 것은 아니다. 하지만 이 경험에서 나는 실제로 무엇을 배웠다기보다는, 무엇을 어떻게 효과적으로 배워야 하는지를 터득한 것 같다. 효과적인 지식 습득 방법, 항상 무언가를 배우려는 습관, 목적을 이루기 위한 노력 등은 훗날 내게 다가온 많은 도전에 응할 때 큰 도움이 되었다.

꿈은 현실에 날개를 달아 준다

5학년이 되던 1980년 여름, 나는 연합세계선교회라는 단체가 주최하는 캠프에 참석했다. 시각장애인과 혼혈아 학생들을 위한 여름 캠프였는데, 유감스럽게도 비가 많이 내려 계획대로 바깥에서 프로그램을 진행할 수 없었다. 실내에서 예배드리고 게임하면서 시간을 보내는 것에도 한계가 있었다. 그런데 전화위복이랄까. 그 궂은 날씨로 인해 주어진 자유 시간 동안 내 삶을 바꿔 준 일이 생겼다.

캠프에서 새로 만난 친구들에게 연주 실력을 뽐내기 위해 나는 예배드리던 강당에 있는 피아노 앞에 앉았다. 속도가 빨라 멋지게 들릴 뿐만 아니라 좀 틀려도 곡을 모르는 사람들에게는 잘 티가 나지 않는 「슈베르트 즉흥곡 op.90-2번」을 치기 시작했다. 이 곡이 끝나자 친구들은 감격의 박수를 쳐 주었다. 기분이 좋아서 웃고 있는데 어떤 외국 남자가 내 곁으로 다가와서는 내 이름과 학교, 학년 등을 영어로 물었다. 아빠가 미군이라던 한 친구의 통역으로 나는 외국 남자가 알고 싶어 하는 것들을 말해 주었다. 통역해 준 그 친구는 나에게 이런 말을 했다. 내 이름을 물어봤던 분이 바로 연합세계선교회를 운영하는 선교사님이라고. 그런 분이 내 이름과 학교를 묻고 갔으니 틀림없이 좋은 일이 생길 거라고 말이다. 지금 생각해 보면, 그런 짐작을 했던 그 친구도 이 만남으로 인해 앞으로 내 미래에 생길 일들을 상상하지는 못했을 것이다.

5학년 가을 학기가 시작된 지 얼마 되지 않아 연합세계선교회에서 엄마에게 연락이 왔다. 서울맹학교 학생들로 구성된 남성 사중창단이 미국으로 곧 공연 여행을 떠나는데, 나를 선교사님이 반주자로 데려가고 싶어 한다는 소식을 전해 주기 위해서였다. 처음으로 참석했던 여름 캠프에서, 궂은 날씨로 인해 이루어진 나와 선교사님의 우연한 만남이, 그다음 해 1월에서 3월까지 미국 전역을 여행하며 공연할 기회를 나에게 가져다준 것이다. 그 공연 여행 중 우리가 방문한 필라델피아의 오버브룩 맹학교에서 유학 초청이 왔고, 나는 1982년 여름에 꿈에도 상상할 수 없었던 유학길에 오르게 된다. 내 삶을 바꿔 놓은 많은 일은 이렇게 시작되었다.

나는 꿈꾸었던 서울대에도 들어가지 못했고, 장학퀴즈 프로그램 대장원을 차지하기는커녕 도전을 해 보지도 못했다. 물론 세계적인 피아니스트가 되는 것 역시 그 근처에도 가 보지 못했다. 하지만 여러 꿈을 마음속에 품으면서 살았던 버릇 때문에, 유학길에 올랐을 때 상상도 하지 못했던 여러 기회를 얻게 된다. 일반 고등학교와 미국 일류 대학에서 공부하고, 월가에서 직업을 얻고, 그리고 사랑하는 사람을 만나 가정을 이루고……. 그런 말도 안 되는 꿈은 계속되었고, 그중 몇 개는 나의 바람과 비슷하게 이루어졌다.

　그래서 나는 많은 학생에게 이런 말을 자주 한다. 꿈은 크면 클수록 좋고, 허무맹랑하고 터무니없어야 한다고. 예를 들어, 성공적인 식당 경영자의 자녀로 태어난 사람이 그 식당을 물려받을 생각을 하는 것은 꿈이 아니다. 그 식당에 접시 닦는 직원이 그 식당을 언젠가 인수하겠다는 야망을 품는 것, 그것이 바로 꿈다운 꿈이라 할 수 있다. 이런 꿈이야말로 무지개 너머에 있는 나라, 이상대로 마음 껏 살 수 있는 나라로 우리를 데려다주는 날개가 되어 줄 것이다.

6

길은 언제든
재탐색할 수 있습니다

— 맹학교에서 일반 학교로, 피아니스트에서 의사로

    내비게이션이 보편화되기 이전에는 운전하는 아내에게 내가 조수 노릇을 똑똑히 해 주곤 했다. 차로 여행을 떠나기 전에 우리가 갈 곳, 예를 들어 식당이나 교회, 놀이동산에 전화를 걸어서 가는 길을 물어본다. 그리고 말해 주는 길을 자세히 점자 컴퓨터에 적어서, 운전하는 아내에게 불러 준다. 몇 번 도로에서 몇 마일을 달려 몇 번 출구로 나가라든지, 아무개 거리에서 몇 번째 신호등을 지나서 나오는 오른쪽 길로 가라든지 하며 운전을 도왔다. 하지만 목적지 주소만 입력하면 가는 길을 보여 주고, 방향을 돌려야 할 때마다 음성으로 알려 주는 내비게이션이 나오면서 나의 조수 노릇도 끝나고 말았다.

그런데 내비가 하는 말을 듣고 느낀 점이 하나 있다. 이 테크놀로지는 운전자가 실수하거나, 가야 할 길 중 일부가 막혀 있어도 결국 목적지까지 갈 수 있도록 다른 길로 운전자를 안내한다는 것이다. 지시대로 운전하지 못했을 때 어떤 내비는 이렇게 말한다. "잘못된 경로입니다." 이렇게 말하는 내비도 있다. "경로를 재탐색합니다." 나에게는 이 두 멘트 중 후자가 더 좋게 들린다. 왜냐하면 돌고 돌다가 결국 한 목적지에 도착하게 된 게 내 삶이었으니까. 가던 경로에 장애물이 나타나거나 뭔가 잘못된 길이라 생각했을 때마다 재탐색해서 가다 보니, 지금 내가 사는 이곳에 도착하게 되었다는 얘기다.

맹학교에서 일반 학교로 커브를 틀다

만 열다섯 살이 되던 1982년 여름, 뉴욕행 비행기를 탄 내게는 큰 꿈이 있었다. 피아노가 나를 유학의 길로 안내했으니, 열심히 연습하여 세계적인 피아니스트가 되리라 생각했다. 세계 각국을 다니며 수없이 많은 사람의 열광적인 박수갈채 속에서 콘서트를 마치는 내 모습을 상상하곤 했다. 귀국 독주회 표를 구할 수 없을 정도로 한국에서 유명하고 인기 있는 피아니스트가 되는 것은 물론이다. 그러기 위해서는 내가 다니게 될 필라델피아의 오버브룩 맹학교에서만

이 아니라, 같은 도시에 있는, 어린 연주자들을 키워 내는 커티스 음악학교에서도 공부하리라고 생각했다.

그러나 이 꿈의 경로는 내가 오버브룩 맹학교에 입학한 지 얼마 되지 않았을 때부터 조금씩 빗나가기 시작했다. 거기에는 시각장애 학생들뿐만이 아니라 복합장애 학생들도 많았다. 즉 시각장애와 청각장애가 있는 학생들도 있었고, 시각장애와 정신지체가 복합된 학생들도 꽤 있었다. 그러다 보니 학생들 각각의 능력에 따라 공부를 시켰다. 대부분 선생님은 학생들에게 큰 기대를 하는 것 같지 않았고, 학생들이 조금만 학업에 관심을 보이면 최고의 점수를 주었다. 예를 들어 비잔틴제국에 대해서 배웠다고 해 보자. 그러면 선생님이 거기에 대해서 말해 준 열 가지를 받아 적는다. 그리고 그다음 날 똑같은 열 가지를 시험에 내서 점수를 준다. 그러니 영어를 모르는 나도 충분히 백 점을 맞을 수 있었다.

오버브룩에 도착한 지 3개월이 되었을 때 나는 큰 고민에 빠졌다. 나에게 장학금을 주면서 유학 초청을 해 준 것은 고마웠지만, 그 학교에서는 내 욕심껏 공부할 수 없겠다는 생각이 들었기 때문이었다. 한때 한국에서 최고라는 서울대를 목표로 했던 나에게는, 공부에 대한 열정이 약한 그곳이 아쉽게만 느껴졌다. 거기서 계속 공부하다가는 대학 입학도 힘들겠다는 걱정이 들었다.

오버브룩을 계속 다니지 않을 거라면, 그 뒤론 나에게는 두 가지 선택이 남아 있었다. 하나는 한국으로 돌아가는 것이었다. 지금 생각해 보면 가장 무난한 선택이었다. 한국에는 가족과 친구들이 있었고, 중학교까지는 일반 학교와 같은 교과서로 공부하는 서울맹학교가 있었다. 그런데 이것은 내 자존심이 허락하지 않았다. 유학에 실패하고 돌아왔다는 말도 듣기 싫었지만, 그렇게 되면 나 자신마저도 실패했다는 사실을 부인할 수 없을 것만 같았다. 어린 나이에 유학길에 오른 것은 나름대로 고민과 마음의 준비를 많이 하고, 또 단단히 결심한 후에 단행한 일이었기 때문에, 여기서 쉽게 포기하는 것은 정말 실패처럼 느껴졌다.

한국에 돌아가지 않고 유학 생활을 계속하려면, 다른 학교로 전학을 가야만 했다. 하지만 그것은 아무리 생각해도 불가능한 일이었다. 나를 데리고 살면서 학교에 보낼 친한 친척이 있는 것도 아니었고, 그렇다고 기숙사 딸린 사립학교를 갈 형편도 아니었다. 그런 학교에 가면 공부야 열심히 할 수 있겠지만 대신 학비가 어마어마하게 비쌌다. 나는 고민에 빠져 소화불량에 시달리게 되었고, 이를 진단하던 의사는 정신과 상담까지 권했다. 태어나 처음 받아 본 상담 치료에서 나는 고민을 털어놓았지만, 큰 도움을 받지는 못했다. 상담 선생님은 간단하게 한국으로 돌아가라고 했다. 거기에 대한 내 생각을 말해 봤지만, 같은 권유만 되풀이할 뿐이었다.

할 수 없이 나는 오버브룩에 계속 다니기로 하고, 거기에서 할 수 있을 때까지 공부해 보자고 결심했다. 그런데 오버브룩에서 한 학년을 마친 후, 여름방학 동안에 내 삶의 내비게이션이 경로를 재탐색하는 일이 생긴다. 나를 처음 미국으로 데려왔던 연합세계선교회의 배리 프리트크로프트 선교사님은 내가 유학을 떠나기 전에, 절친한 친구를 나에게 소개해 주었다. 필라델피아에서 그리 멀지 않은 뉴저지 주에 살던 오메셔 부부에게 나에 대한 몇 가지 부탁을 한 것이었다. 하나는 연휴나 추수감사절, 크리스마스 같은 학교 방학 때 집으로 데리고 가서 같이 있어 달라는 부탁이었고, 다른 하나는 학교에 입학하기 전 몇 주 동안 같이 살면서 영어와 미국 문화를 가르쳐 달라는 부탁이었다. 오메셔 부부는 불치병에 걸린 쌍둥이 딸들을 치료하느라 밤낮 바쁘게 살았지만, 흔쾌히 그 부탁을 들어주었고, 그 전해 여름부터 내게 매우 잘해 주었다.

방학 동안 한국에 다녀오지 않고 뉴저지에서 두 번째 여름을 보내면서 나는 그들에게 고민을 털어놓게 되었다. 그러자 그들은 뜻밖의 반응을 보였다. 막내 쌍둥이 딸들의 건강도 많이 좋아졌고, 그래서 이젠 대학으로 떠나게 되었으니까, 나만 좋다면 그 집에서 함께 살면서, 현지에 있는 고등학교에 다니는 게 어떻겠냐는 것이었다.

나는 그 말을 도무지 믿을 수가 없었다. 전해 여름 한 6주 즈음, 그리고 짧은 방학 동안 몇 번 같이 지냈을 뿐 오메셔 부부와 나는 완벽한 남남이나 다름없었다. 게다가 요즘 흔히 하는 홈스테이로 머무는 것도 아니었고, 한국에 있는 부모님께 돈을 받겠다는 것도 아니었다. 현지 고등학교는 공립이라 학비도 무료였다. 지금은 법이 바뀌어 불가능해졌지만, 내가 다니게 된 키타티니 공립고등학교에서는 아예 유학생에게 꼭 필요한 입학허가서인 I-20를 발급해 주기까지 했다. 오메서 부부는 당신들이 내는 세금 덕을 계속 보겠다는 우스갯소리를 하면서 나를 그 학교에 보내겠다고 했다.

이렇게 해서 오메서 부부는 뜻밖에 아들을 하나 더 얻었고, 나 역시 미국 부모가 생겼다. 처음에는 엉클 데이브, 앤트 메리로 부르다가 결국 맘과 대드로 부르기 시작했다. 그들의 자녀인 두 아들과 두 딸도 나를 막냇동생으로 여기며 한 가족으로 대해 주었다. 맘은 2005년 12월에 돌아가셨지만, 지금도 나는 다섯 아이가 다 자란 뉴저지의 큰 집에서 고양이 한 마리와 함께 사는 대드와 미국 곳곳에 흩어져 사는 형제자매들을 나의 또 다른 가족으로 여기면서 살고 있다.

끝없는 경로 변경,
좌절 앞에서 유연성이 생긴다

그 뒤로도 내 삶의 내비게이션은 멈출 새 없이 경로를 재탐색해야 했다.

11학년이 되던 해, 나는 세계적인 피아니스트의 꿈을 접었다. 부모님의 반대를 무릅쓰고 이런 결정을 내리게 된 데에는 그만한 이유가 있었다. 하루에 5~6시간씩 연습을 한다고 해도 음악적 재능이 뛰어난 경쟁자들을 따라잡을 수 없겠다는 결론을 내렸던 것이다. 또 대학 입시를 준비하면서 피아노도 함께 병행한다는 게 불가능하게 여겨졌다. 공부와 음악 중 하나를 선택해야 할 때가 왔다는 확신이 들었다. 결국 나는 소질도 없고 별로 좋아하지도 않는 음악보다는 공부를 택하기로 마음먹었다. 돌아보면 이것은 내 삶을 아주 크게 바꾸어 놓은 중요한 결정이었다. 그로 인해 나는 음대가 아니라 하버드와 MIT로 가게 되었으니까.

대학교 3학년 때 또다시 삶의 내비게이션이 경로를 다시 탐색하게 된다. 그런데 맹학교에서 일반 학교로 전학했을 때나 피아노를 그만둘 때와는 달리, 이번엔 내가 선택한 길 앞에 장애물이 나타나면서 경로를 바꾸지 않을 수 없었다. 나는 대학에 들어가면서 졸업후 의대에 가겠다는 결심을 했다. 나처럼 완전히 앞을 못 보는 상태에서 최초로 의대에 진학하여 정신과 의사가 된 닥터 데이비드 하트먼에 대한 얘기를 들었기 때문이다. 힘든 일이라고 하면 일단 도전부터 해 보려 했던 그 시절, 시각장애가 장애가 되지 않는다는 것을 사람들에게 보여 주려고 나는 의대생이 되리라 다짐했다.

미국 의대는 대학원 과정으로 이뤄진다. 그리고 의대 지망생들은 대학에서 전공과 관계없이 공부해야 할 과목들이 많다. 정신과를 생각했던 나는 심리학을 전공하기로 했고, 의대가 요구하는 학과목들, 예를 들어 생물학, 화학, 물리학 등을 공부했다. 하버드의 의대

지망생들처럼 경쟁이 심한 환경에서 공부하는 사람들도 드물 듯하다. 이렇게 2년이 넘게 나는 의사가 되겠다는 생각으로 힘든 공부를 이어갔다.

그런데 3학년이 되던 해, 미국 의사협회가 '테크니컬 가이드라인스(Technical Guidelines)'라는 정책을 발표하면서 의사가 되려는 꿈은 물거품처럼 사라져 버렸다. 의사라면 누구나 다른 사람의 도움 없이 환자를 진단할 수 있어야 한다고 규정한 정책이었다. 말하는 체온계나 혈압계도 없었던 그때, 환자의 혈색도 볼 수 없는 내가 의사가 될 가능성은 아주 희박했다.

큰 충격을 받은 나는 억울하다는 생각에서 좀처럼 벗어날 수가 없었다. 그 모든 노력에도 불구하고 넘기 힘든 장애물이 내 앞을 막아 버린 현실을 좀처럼 받아들이기가 어려웠다. 하나님을 원망해 본 유일한 시기였고, 나를 오랫동안 지탱해 주던 신앙조차 잃을 위기에 부딪히고 말았다.

그러나 감사하게도 결국 나는 그 생각을 고쳐먹을 수 있었다. 의사가 되겠다는 결심 역시 내 장애에 대한 도전이나 욕망에서 비롯되었다는 생각이 들었던 것이다. 언제까지 내 삶에 대한 결정을 세상에 무언가를 보여 주기 위해서 해야 하느냐는 회의가 찾아왔다. 내가 꼭 의사가 되어야겠다는 단호한 마음이 있었다면 이 규정을 무시하고 계속 한길로 갈 수도 있었겠지만, 그때 나는 다른 경로를 찾아봐야겠다고 생각했고, 그제야 거의 한 학기 동안 했던 방황의 시간을 접을 수 있었다.

이 경험을 통해 나는 삶이 가져다주는, 미처 기대하지 못했던 일들에 대처할 수 있는 유연성을 얻었다. 그리고 이것이야말로 지금의 나를 만드는 커다란 밑바탕이 되었다. 훗날 다섯 살밖에 되지 않은 안내견 지기가 차에 치여 죽었을 때도, MIT에서 같이 공부하던 친한 친구가 자살했을 때도, JP모건에서 감원 대상에 올랐을 때도, 힘든 불임 치료 끝에 한 임신이 유산되어 자궁 외 임신 수술을 하는 아내 곁을 지킬 때도, 장모님과 미국 맘의 임종을 지켜보면서도, 나는 슬프고 힘들다는 이유로 나 자신을 잃지 않았다. 혹 내가 냉정하다고 생각하는 이들이 없지 않겠지만, 나는 슬플 때는 실컷 슬퍼하고, 힘들 때 역시 많이 힘들어하면서도, 좀 더 나은 내일과 다음 주를 기약하며 언젠가는 밝아질 미래를 잊지 말아야 한다는 삶의 지혜를 얻은 것이었다.

길을 가다 보면 돌아가야 하는 때도 있고, 방향을 다시 잡아야 하는 때도 있다. 아예 목적지를 바꾸어 가야 할 때도 있다. 중요한 것은 목적지에 도착할 때까지 계속 가는 것이다. 끊임없는 커브길, 오르내림이 심한 언덕길, 그리고 장애물이 수두룩한 위험한 길이 우리 앞에 나타날 거라고 당연하게 받아들인다면 험난한 길 위에서도 자신감과 희망을 잃지 않을 수 있을 것이다.

7
사소한 일이
큰 기회로 연결됩니다

— 월가 애널리스트가 되기까지

미국 학교에서 공부한 뒤 순조롭게 직장을 얻어 일하고 있는 나에게 가끔 이렇게 질문하는 사람들이 있다. 어느 학교에서 어떤 공부를 하면, 하고 싶은 일을 할 수 있느냐고. 예를 들어 미국에서 10위 안에 들어가는 경영대학 MBA 학위를 받으면, 세계적으로 손꼽히는 투자은행에서 일할 수 있느냐고 묻는다. 그것은 미국 유학을 계획하고 있거나 꿈꾸고 있는 친구들이 나에게 던지는 대표적인 질문 중 하나다. 당연히 그럴 수 있다는 것이 내 답이었지만, 그들은 더 나아가 나에게 일종의 '확신' 같은 것을 원했다. 물론 그런 마음도 이해하지 못하는 것은 아니다. 10위 안에 드는 경영대에 들어가려면, 또 그런 경쟁이 심한 학교에서 학위를 받으려면, 많은 노력을 해야 할 것이고, 돈 역시 많이 들 테니까.

그런 그들에게 나는 이렇게 답해 주곤 했다. 세상에 확신할 수 있는 것은 딱 두 가지밖에 없다고. 살아갈 동안 내야 하는 세금과 결국 누구나 이를 수밖에 없는 인생의 종점인 죽음 외에는, 그 누구도 당신의 미래에 대해 '확신'할 수는 없다고 말이다. 고등학교에서 1등만 하고 SAT 및 여러 대학 입시 시험에서 만점 맞은 학생을 받아 주지 않는 대학이 있는 것처럼, 학벌이 아주 뛰어난 사람을 받아 주지 않는 직장도 있다. 세계적인 투자 은행에서 일하는 사람 중에는 MBA 학위가 없는 사람도 많고, 10위 안에 들어가는 경영대에서 공부하지 않은 사람도 많다고 덧붙여 말해 주었다.

어떤 목적을 달성하기 위해서 노력하고 그 성공의 가능성을 최대한 높이기 위해 최선을 다할 수는 있겠지만, 세상에는 계획대로, 마음대로 되지 않는 일이 아주 많다는 것을 나는 늘 잊지 않으며 산다. 왜냐하면 나의 꿈대로, 내가 원하는 대로 된 일이 나에게도 별로 없었기 때문이다.

하버드에서 MIT로

대학 졸업을 1년 앞두고 진로를 바꾸기는 쉽지 않았다. 의사의 길을 걸을 수 없다면 무엇을 해야 할까. 나의 백그라운드를 염두에 두고 곰곰이 생각해 봤을 때, 가장 쉽게 접근할 수 있었던 것은 교수의 길이었다. 오랫동안 해 왔기에 공부를 제일 잘할 수 있겠다고 느꼈고, 또 공부를 계속하려면 학생들을 가르치면서 하고 싶은 연구를 하는 대학 교수 자리가 안전하지 않을까 생각한 것이다.

내가 대학교 때 공부했던 과목들을 돌아봤을 때 그래도 흥미로 웠던 것 중 하나는 사업에 응용되는 심리학이었다. 정신과나 상담 학과는 전혀 상관없지만, 상업 심리, 조직학 등으로 나뉘는 이 분야 가 재미도 있고 유망할 것 같다는 생각에 나는 공부의 방향을 그쪽 으로 바꾸기로 했다. 그러나 이 분야에 맞춰서 대학원을 가기에는 너무 늦었다는 것을 알고 있었다. 그래서 하버드 대학 졸업 후, 다 시 학부 3학년으로 편입하기로 하고 학교를 알아보기 시작했다. 다 행히 하버드가 있는 매사추세츠 주 케임브리지 시에 소재한 MIT로 1991년 가을 학기에 편입할 수 있었다.

MIT에는 슬론 경영대학원이라는 곳이 있다. 공대에 딸린 경영대 이다 보니, 거기엔 테크놀로지 회사를 경영하는 데 초점을 두는 교 수가 많았다. 또 경제, 경영, 금융 등을 수학으로 풀고 이해하는 것 을 전문으로 하는 학자도 많았다. 거기서 몇 과목을 듣는 동안 나는 여러 교수님을 알게 되었다. 그중에는 학부에서 시간 낭비하지 말 고 대학원에 즉시 입학해도 될 것 같다고 하는 사람도 있었다. 그래 서 편입하고 나서 1년 후, 슬론 경영대학원의 박사 학위 프로그램에 들어갔다. 경영대에서 말하는 석사 학위, 즉 MBA 코스는 전문직이나 직접 일을 하는 사람들을 위한 프로그램이었기 때문에 직장 경험이 전혀 없는 나로서는 들어갈 수가 없었다. 반면 교수를 준비하거나 연구를 추구하는 사람들을 위한 경영학 박사 학위 프로그램에는 공부만 했던 나도 들어갈 자격이 되었다. 그래서 나는 생각지도 못했던, 석사 학위를 건너뛰는 박사 학위 프로그램에서 공부를 하기 시작했다.

연구자에서 애널리스트로

MIT 슬론 박사 학위 프로그램 졸업생들은 90퍼센트가 교수가 되고, 나머지는 컨설턴트가 된다. 학생들과 교수들은 배우고 가르치는 관계에서 같이 연구하는 관계로 자연스럽게 발전하는 것이다. 그런데 교수의 길도 내 길은 아니었던 모양이다. 다음 두 가지 일 때문에 나는 결국 박사 학위를 끝내지 못했다.

하나는 1990년에 통과된 미국 장애인법(ADA)에 따라 고용주의 책임에 대한 사회적 관심이 늘어가고 있었다는 것이었다. 그 법에 따르면, 고용주는 자격이 있는 장애인이 그의 회사에 응시했을 때 장애가 있다는 이유로 차별할 수 없으며, 장애인이 입사했을 경우 그가 일할 수 있도록 '정당한 편의(reasonable accommodations)'를 제공해야 한다고 규정하고 있었다. 그런데 법이 통과된 지 얼마 되지 않아서 이 조항들이 정확하게 무슨 의미를 갖게 될지에 대해서는 아는 이들이 많지 않았다. 회사들은, 특히 큰 기업에서는 이 법을 이해하려 노력했고, 따라서 관련된 연구가 필요했다. 이러한 분위기에 따라 나의 시선은 장애인법 연구로 향하게 되었다.

또 다른 이유는 내가 증권에 관심을 두게 되었다는 것이었다. 당시 나는 뮤추얼 펀드 매니저로 유명했던 피터 린치가 쓴 『전설로 떠나는 월가의 영웅』을 읽고 증권 투자에 대한 매력에 눈을 떴다. 이 책이 특별하게 와 닿았던 것은 이 일을 하는 사람들에게는 성공과 실패가 아주 명백하겠다는 판단 때문이었다. 무엇을 언제 사고 파는지를 내가 결정할 수 있다면, 내가 관리하는 펀드가 벌어들인 금액이 곧 내 일에 대한 성적으로 직결될 수 있겠다는 생각이 들었다. 다른 이들의 주관적인 판단과는 관계없이, 내가 해낸 대로 평가를 받을 수 있다는 사실에 나는 매력을 느꼈다.

당시 내가 속한 대학원 조직학 그룹에서 미국 장애인법에 관해 연구를 하기로 했다. 장애인들이 종사하고 있는 전문직 연구를 통해 고용주가 제공해야 하는 정당한 편의에 대해 공부하기로 한 것이다. 나는 증권에 대한 나의 관심과 이 연구 프로젝트를 연결하고, 거기에 나의 장애를 포함시켰다. 그러니 자연스럽게 증권 일을 하는 시각장애인에 대해 연구를 해야겠다는 생각으로 귀결될 수밖에 없었다. 나는 그때 당시 손꼽히는 월가 투자 은행에 연락을 취하기 시작했다. 증권 일을 하는 시각장애인들에게 어떻게 그 일을 하느냐고 물어보기 위해서였다.

그런데 이게 웬일인가? 연락한 회사마다 그런 사람은 없다고들 하는 것이 아닌가. 도리어 눈이 보이지 않는 사람이 어떻게 그런 일을 하겠느냐고 내게 반문하는 사람도 있었다. 나는 틀림없이 투자 업무를 하는 시각장애인이 있다는 말을 들었고, 그들을 찾으려고 노력했지만, 내가 연락했던 큰 월가 회사들에서는 찾을 수 없었다. 나중에 알게 된 사실이지만, 증권 투자 업무를 하는 시각장애인은 손에 꼽을 만큼 그 수가 적었고, 그마저도 자신이 직접 운영하는 작은 회사에서 일하고 있었다.

연구 프로젝트 진행이 불가능해지자 한 교수가 나에게 이렇게 제안했다. 시각장애인이면서 투자 은행 일을 하는 사람이 없다면, 직접 한번 해 보는 것이 어떠냐고 말이다. 그는 경찰 문화를 공부하기 위해 직접 LA 경찰서에서 3년이나 일했던 교수였다. 이런 연구 방법을 '참여 관찰 조사(participative observation study)'라고 한다.

박사 학위 공부에 흥미를 잃고 있었고, 증권 일이 더 재미있을 것 같다는 생각을 하던 차에, 나는 그 교수님의 제안을 받아들이기로 했다. 그래서 연락했던 투자 은행 몇 군데에 이력서를 보냈다. 연구를 위해 연락했을 때는 답을 잘해 주던 사람들이 직장을 구하겠다는 내 연락에는 좀처럼 답을 해 주지 않았다. 그러다가 JP모건 인사과에서 연락이 와서 여름 인턴으로 고용되었다.

기회는 준비된 자에게 온다

그렇게 나는 의사도 교수도 아닌, 애널리스트의 길을 걷게 되었다. 이 경험을 통해 나는 두 가지를 확실하게 깨달았다.

하나는 엄마가 항상 해 주신 말씀처럼, 배워서 남 주지는 않는다는 것이었다. 아무리 학교에서나 삶에서 배운 것들이 쓸데없는 듯 여겨져도 유용하게 쓰일 때가 있다. 나아가 아주 중요한 의미도 될 수 있다.

예를 들어 대학원 공부를 할 때 잠깐 배운 SQL 데이터베이스 프로그래밍 언어 덕분에 나는 JP모건에 입사할 수 있었다. 시각장애인을 고용해 본 적이 없는 JP모건에서 SQL 프로그래머를 구한다는 말을 했고, 나는 그 프로그래밍을 할 줄 안다는 이유로 입사할 수 있었다. 그리고 그 인연으로 금융 일까지 하게 되었다. 그뿐 아니라 의대를 가기 위해 공부했던 심리생물 과목의 약 개발 과정에 대한 지식도, 훗날 제약 회사의 증권을 분석할 때 도움이 되었다.

두 번째 확실하게 깨달은 것은, 보기에는 아주 평범한 일, 오늘도 내일도 나에게 찾아올 수 있는 그런 일이 내 삶에 아주 큰 기회로 연결될 수 있다는 것이었다. 책을 즐겨 읽다가 얻은 증권에 대한 관심, 참여 관찰 조사에 대해 경험이 있었던 교수가 지나가는 말로 한 제안, 연구 프로젝트 때문에 연락하게 된 사람들의 도움 등으로 상상하지 못했던 길이 내 앞에 열리게 되었으니까. 게다가 이렇게 하게 된 일이 의사나 교수의 일보다 훨씬 더 나에게 큰 즐거움과 만족을 가져다주었다고 나는 믿는다.

그래서 나는 지금도 많은 것을 배우려 노력한다. 책을 열심히 읽고, 매일매일 일어나는 평범한 일들에 감사하며 살아가려고 노력한다. 이런 노력에 따르는 결과가 언제 어떻게 나타날지는 모르지만, 그렇게 삶을 살다 보면 또 생각지 못했던 좋은 일이 일어날 수도 있다는 상상을 가끔 하면서 말이다.

8

목적에서 눈을 떼면
장애물만 보입니다

— 원하는 일을 이루는 법

장애인이 쉽지 않은 일을 해냈을 때, 보통 사람들은 그것을 자기 나름대로 이해하려고 노력한다. 예를 들어 신문이나 잡지 기사, 또 내가 여러 번 했던 집회 간증 등을 통해 내 이야기를 알게 된 사람 중에는, 앞을 못 보는 사람이 어떻게 열다섯 살 나이로 혼자 미국에 갈 생각을 했고, 또 어떻게 일반 고등학교는 물론, 세계적인 명문 대학교와 대학원에서 공부할 수 있었을까 하며 의문을 품는다.

이런 사람 중에는 내가 그 누구보다 아주 뛰어난 사람, 즉 똑똑하고 많은 노력을 하는 사람이라고 믿는 사람이 있는가 하면, 미국에서 장애 학생들에게 혜택을 주는 특별 배려 정책이 내게 큰 도움이 되었을 거라고 생각하는 사람도 있다. 예를 들어 언젠가 한 교회에서 나의 간증을 들은 어떤 사람은 주위 사람들에게 이렇게 말했다고 한다. 하버드 대학 같은 데에는 틀림없이 장애인 학생들을 우대하는 방침이 있고, 그 때문에 거기엔 장애인 학생들이 많을 거라고.

오랫동안 나는 이런 생각을 이해할 수 없었다. 내가 하버드 대학에서 공부할 당시, 한 학년당 학생들이 1,600명 정도가 있었고, 1~4학년을 합하면 학생 수가 6,400명쯤 되었는데, 캠퍼스를 통틀어 시각장애인 학생은 겨우 셋뿐이었다. 그중 한 학생은 한국에서는 약시라고 하는, 즉 시력이 좋지 않은 학생이었다. 결국 앞을 아주 못 보는 사람은 나와 나보다 한 학년 아래의 여학생 한 명뿐이었다. MIT 대학원에서 공부할 때에는 대학과 대학원에서, 즉 학교 전체에 시각장애인이라고는 나 혼자였다. 이런 상황으로 미뤄 볼 때, 미국 대학교에서 장애 학생을 특별 우대하고 환영한다는 주장은 그다지 설득력 있어 보이지 않는다.

그러면 내가 뛰어난 사람이라고 해야 할까? 나와 함께 살거나 같이 생활하며 일하는 사람들이 잘 알듯이, 나는 특별히 똑똑하거나 밤낮으로 노력해서 무언가를 해내는 사람은 아니다. 쓸데없는 겸손이 아니라, 내가 나를 가장 잘 아는 사람이기에 이렇게 말할 수 있다. 내 삶을 돌아봤을 때, 주어진 기회와 축복을 100퍼센트 열심히 받아들이고 노력했다면, 정말 세상에 의미 있는 일을 하는 사람이 되었을지도 모른다.

장애물과 친해지기

내 앞에 나타난 장애물을 치우고 목적지에 도착했던 경험은 여러 번 있다. 그중 제일 기억에 남는 것은 바로 내가 공인재무분석사 시험에 도전하겠다는 결심을 했을 때 일어난 일이다.

아시다시피 지금 내가 하는 일은 증권 분석이다. 채권의 본래 가치를 조사, 분석, 계산 등을 통해 찾아내고, 이렇게 얻은 가치를 토대로 증권을 싸게 사고 비싸게 파는 일을 한다. 많은 분야가 그렇듯이, 증권 분석 분야에서 인정해 주는 배경이나 자격 및 학위가 여럿 있는데, 이중에는 CFA(Chartered Financial Analyst)라는 것이 있다. 한국말로는 공인재무분석사라고 하는데, 사실 이것은 자격이나 학위라기보다는 1년에 한 번씩 시행되는 3차에 걸친 CFA 시험에 합격한 뒤 협회가 정해 놓은 전문적 윤리 가치를 존중하면서 증권 분석 일을 하는 사람을 일컫는 칭호라고 보는 것이 더 정확할 것 같다. 굳이 비슷한 것을 찾자면, 품질이 좋은 한국 상품에 붙는 KS 마크와 흡사하다고나 할까.

CFA는 내가 1994년부터 종사했던 이 분야에서 알아주는 세 글자라서, 항상 거기에 도전해 보고 싶었다. 그런데 이런저런 이유로 그 시험을 미루고만 있었다. 그 대표적인 이유 두 가지, 즉 CFA라는 목적과 나 사이에 있었던 큰 장애물 두 가지에 관해서 설명할까 한다.

첫째는 시각장애인이 CFA 시험에 응시한 전례가 없어, 협회에서는 공평하게 내가 시험 볼 환경을 마련해 주기가 쉽지 않다고 주장했다. 게다가 CFA 시험은 빈틈없는 절차를 통해 누구도 커닝하지 못하게 진행하기 때문에, 점자나 음성 지원, 또는 컴퓨터로 시험을 보게 해 줄 수가 없었다. 둘째는 시험 준비에 필요한 자료를 내가 읽을 포맷으로 구할 수가 없다는 것이다. 자료 없이는 아무래도 공부하기가 쉽지 않을 듯하여 시험 준비를 계속 미루기만 했다.

2001년 초 드디어 나는 CFA 시험에 응시하기로 하고, 위의 두 가지 장애물을 비켜 가려는 노력을 하기 시작했다. 우선 CFA 협회가 요구하는 대로, 내 주치의는 내가 불빛도 보지 못하는, 시력이 전혀 없는 사람이 맞다고 협회의 양식에 서약했다. 영어로는 나 같은 사람의 시력을 NLP(No Light Perception)라고 한다. 양식에 분명히 이렇게 적혀 있는데도, 이 서류를 받아 본 협회는 추가 정보를 요구해 왔다. 시력이 얼마나 나오는지 재서 서류로 보내라고 했고, 시력을 잃었을 당시의 진단서와 치료 기록을 제출하라고 요구했다. 영어를 모르는 사람들도 아닌데 NLP 진단을 보고도 시력을 재라는 것도 우스웠지만, 30여 년 전 한국에서 치료를 받은 나에게 그런 서류가 있을 리가 없었다. 설령 서류를 통해 정확하게 무슨 병으로 실명했는지를 증명한다고 해도, CFA 시험을 칠 경우 나에게 필요한 정당한 편의를 제공하는 데에는 아무런 의미가 없는 정보라는 생각이 들었다. 절차를 쓸데없이 어렵게 만들어서, 내가 먼저 포기하게 하려는 협회 사람들의 작전이 아닌가 하는 의심을 떨칠 수 없었다.

이 상황을 알게 된 회사 동료들이 흥분하기 시작했다. 그들은 CFA 협회 이사를 잘 아는 우리 회사 주주 한 사람을 소개해 주었고, 그는 나를 위해서 협회 이사와 얘기해 보겠다고 자청했다. 그 말인즉슨 좀 압력을 넣어 주겠다는 것이었다. 하지만 나는 이를 사양했다. 내 목적은 CFA를 취득하는 것이었지 쓸데없이 실무자들을 곤란하게 만드는 게 아니었기 때문이다.

나는 위협보다는 유머를 쓰기로 했고, 권리를 주장하기보다는 상식적인 제안을 앞세워 일을 추진하기로 했다. 예를 들어 나에게 시력을 재라는 말은 사망증명서를 받아 보고도 혈압을 재라고 하는 말과도 같다고 했다. 또 내가 어떻게 실명했는지에 대해서는 사고로 실명했든 누구에게 맞아서 그랬든 아니면 병 때문이었든 무슨 상관이 있느냐고 웃으면서 설명했다. 그리고 시험을 볼 때 내가 필요한 것은 문제를 읽고 답을 써 줄 사람과 1.5배 늘어난 시험 시간이라고 말했다. 눈으로 문제를 읽는 것보다 다른 사람이 읽어 주는 문제를 듣는 데 시간이 더 걸리기 때문이었다. 마지막으로 협회가 정해 놓은 금융계산기는 말하는 버전이 없으므로 다른 계산기를 쓰게 해 달라고 요구했다.

여러 번 전화 통화를 거친 끝에 협회 사람들은 내가 요구하는 사항에 거의 다 동의했다. 하지만 계산기는 꼭 자기들이 정해 놓은 것을 써야 한다고 고집했다. 이에 대해서는 나도 그들의 요청을 따르기로 했다. 스크린이 보이지는 않지만, 동료들의 도움으로 이 계산기를 쓰는 방법을 배워 연습하기로 했고, 시험 문제를 읽어 줄 사람이 스크린까지 읽어 주기로 했다. 그래서 나는 아주 특별한 재무계산기 HP-12C의 사용 방법을 배우고 연습하기 시작했다.

훗날 나와 같이 9·11을 경험하게 될 친구이자 동료인 폴 앳킨슨이 계산기 각 버튼의 기능을 가르쳐 주었고, 나는 그것들을 하나하나 다 외웠다. 많은 문제를 계산기로 풀면서 연습했고, 폴은 내가 연습하는 것을 관찰하며 실수한 부분을 알려 주었다. 점점 실수가 줄어 결국 나는 '눈 감고도' 계산기를 능숙히 사용하는 경지에 이르렀다. 이것이 어떤 일인지 상상하고 싶은 사람은 나처럼 눈을 감고 계산기를 한번 사용해 보는 것도 좋을 듯하다.

목적에 집중하여 질주하기

복잡했던 CFA 협회와의 협상과는 달리, 시험 준비 교과서를 만들어 판매하는 슈웨이저사와의 대화는 아주 간단했다. 컴퓨터로 볼 수 있는 형태의 텍스트 파일을 나에게 팔겠다고 동의한 것이었다. 다만 나의 장애를 증명하는 의사의 서류를 요구했다. 또 절대 내가 이 파일을 프린트하지 않겠다는 서약을 해야 했다. 그런데 한 가지 우스운 점은 그들은 3년간 나에게 이렇게 컴퓨터 파일들을 팔면서도 매년 나에게 장애 증명을 요구했다는 것이다. 아마도 그들은 기적을 믿는 이들이 아니었을까? 혹시나 내가 시력을 회복하지는 않았나 싶었나 보다.

그러한 과정을 거쳐 2003년에 드디어 나는 CFA를 취득했다. 시력이 없는 사람이 최초로 CFA 1, 2, 3차 시험을 모두 통과한 것이었다. CFA 협회와 슈웨이저사가 제공한 정당한 편의가 큰 도움이 되었다고 할 수 있다. 협회는 매년 사람을 둘씩 고용해서, 한 사람은 시험 문제를 읽고, 다른 한 사람은 내가 말하는 대로 답을 쓰게 했다. 답을 쓴 사람이 정말 답을 잘 썼는지, 즉 내가 말한 대로 정확하게 답안지에 썼는지를, 문제 읽은 사람이 확인하게까지 했다. 물론 문제를 읽어 주는 사람은 내가 두드리는 계산기 스크린에 나온 답도 읽어 주었다. 그리고 슈웨이저사는 매년 나에게 시험 준비 자료를 담은 CD를 보내 주었고, 나는 이를 토대로 시험을 준비할 수 있었다. 내가 알기로는, 그 뒤로 적어도 한 명의 시각장애인이 CFA에 도전하여 취득했다고 한다.

"목적에서 눈을 떼면 보이는 것은 장애물뿐이다."

그린베이 패커스 미식축구 감독 빈스 롬바르디가 남긴 유명한 명언이다. 내가 고등학교에 다닐 때 들은 이 말은 내 삶의 만트라가 되었고, 나에게 무엇이든 할 수 있다는 자신감을 심어 주었다. 그래서 꼭 하고 싶은 일 앞에 장애물이 많이 쌓여 있을 때는, 그것들을 하나둘씩 옆으로 치워 놓고 일을 진행한다든지, 아니면 아예 장애물을 피해 다른 길로 원하는 목적지까지 가야겠다는 생각을 하기 시작했다. 그리고 이런 긍정적인 생각, 목적에서 눈을 떼지 않는 태도는 평소 꿈도 꾸지 못했던 삶의 기회를 나에게 가져다주었다.

살면서 장애물에 부딪히지 않는 사람은 없다. 그러나 이것들에 초점을 두기보다 원하는 것, 즉 추구하는 목적에 집중한다면, 누구나 거기에 더 가까이 갈 수 있을 것이다. 또 사방에서 불어오는 바람을 두려워하지 않는다면, 언젠가는 그 목적지에 도달할 수 있지 않을까 싶다.

"The road not taken"

(가지 않은 길)

내 삶에 내린 큰 결정 중 하나는 학위를 포기하고 월가에 남는 것이었다. 그 결정을 앞두고 고민할 때, 머리에 맴도는 한 편의 시가 내 결정을 조명해 주었다. 그것은 로버트 프로스트의 시 「가지 않은 길」이었다. 당시 내 앞에는 정말 두 길이 펼쳐져 있는 것 같았다. 학교로 돌아가 박사 학위를 마치고 교수의 길을 걷는 것과 월가에 남아서 투자 전문가의 길을 걷는 것 중 하나를 택해야 했으니까. 이 시는 이렇게 끝난다.

숲 속에 두 갈래 길이 있었다.
나는 사람이 덜 다닌 길을 택했다.
그리고 그것이 내 인생을 완전히 바꿔 놓았다.
(Two roads diverged in a wood, and I—
I took the one less traveled by,
and that has made all the difference.)

많지는 않지만 시각장애인 교수들에 대해서는 종종 얘기를 들었다. 그래서 나도 교수가 되겠다는 생각을 품었었다. 하지만 시각장애인 투자 전문가는 아주 드물었고, 전공이 재정학도 아니었던 내가 투자 분야에 남겠다는 것은 더욱이 위험한 선택이었다. 그럼에도 나는 "덜 다닌 길(road less traveled)"을 택했다. 교수라는 직함에 따르는 명성 그리고 박사라는 호칭이 나를 유혹하기도 했지만, 그런 표면적인 것보다 비록 위험하긴 해도 내가 즐기는 일을 추구하기로 한 것이었다. 그리고 "그것이 내 인생을 완전히 바꿔놓았다(That has made all the difference)."

사람들은 자주 비이성적이고, 불합리하며, 자기중심적이다.

그래도 그들을 용서하라.

네가 만일 친절하다면, 사람들은 이기적이고 불순한 의도가 있다고 너를
비난할 것이다.

그래도 친절을 베풀라

네가 만일 정직하고 진솔하다면, 사람들은 너를 기만하려 할 것이다.

그래도 정직하고 진솔하라.

네가 만일 평온과 행복을 얻었다면, 누군가는 질투할 것이다.

그래도 행복하라.

네가 오늘 한 선행을 사람들은 곧 잊을 것이다.

그래도 선행을 하라.

네가 가진 최고의 것을 세상에 베풀어도, 충분치 않을 수 있다.

그래도 최고의 것을 베풀어라.

─테레사 수녀의 「그래도 사랑하라」 중에서

소중한 것
셋

가족

아이들이 추수감사절 장식으로 미니 호박에 그린 가족의 얼굴.

"사랑은 둘이 하는 거라고 많은 사람이 믿는다.
그래서 연애도 둘이 하고, 결혼도 둘이 한다.
하지만 우리는 참사랑, 정말 찐하게 사랑을 하려면,
적어도 셋이 필요하다고 믿는다.
둘의 사랑에서 비롯된 아이,
혹은 아이들을 같이 사랑하며 키울 때야말로,
사랑에서 비롯되는 기쁨, 아픔, 즐거움, 슬픔을
다 맛볼 수 있으니까."

9
진실한 관계에는
천 개의 단어가 필요합니다

— SNS와 손편지

2015년 4월 둘째 주말, 나를 비롯해 다섯 명의 미국 가족 형제자매들이 대드의 집에서 오랜만에 만나 특별한 시간을 보냈다. 2005년 12월에 맘이 돌아가신 후, 대드가 고양이 한 마리와 살아온 이 집에 형제자매들과 함께 모인 적은 아주 드물었다. 나는 차로 한 시간쯤 되는 거리에 살고 있지만, 형들과 누나들은 비행기로 두 시간 넘는 거리에 살고 있어서 자주 찾아오지 못했다. 다들 결혼하고 아이들을 낳은 뒤로 며느리, 사위, 손자, 손녀들과 다 함께 명절을 보내느라 매년 한두 번 모인 적은 있어도, 이번처럼 우리끼리만 모이기는 처음이었다.

자식들은 대개 부모님이 두 분 다 돌아가신 뒤에 그들이 남기고

간 물건들을 정리한다. 그러나 우리는 그렇게 하지 않기로 했다. 50년 전에 두 부모님과 네 아이들이 이사 왔던 이 집에 숨어 있을 것들을, 지금부터 차근차근 시간이 날 때마다 찾아서, 버릴 것들은 버리고 계속 갖고 있을 것들은 누가 갖고 있을지 정하기로 한 것이다. 대드가 건강하게 살아 계실 때 이 일을 하는 것이 좋겠다고 생각했기 때문이다.

그러나 이번 모임에서는 그렇게 많이 하지는 못하고, 100킬로그램가량의 잡동사니를 버리는 데 그쳤다. 의미 있는 물건이 발견되면, 다 같이 앉아서 그것에 대한 기억을 나누며 웃느라 시간을 보내고 말았던 것이다.

당신의 마지막 손편지는 언제입니까?

맘과 대드가 인도에 갔을 때 테레사 수녀가 직접 사인해 준 책을 찾지 못한 지 오래되었다. 그런데 이번에 옷장 깊숙이 간직되어 있던 그 책을 발견하고는 대드와 우리는 모두 기뻐했다. 대드는 테레사 수녀를 만났을 때의 추억을 얘기하면서 테레사 수녀의 어린이집 벽에 쓰여 있다는 시「그래도 사랑하라(Do It Anyway)」를 읽어 주었다. 어렸을 적 저녁 식사 중에, 근래 읽었던 좋은 글, 사전에 나온 어떤 단어의 뜻, 백과사전에 기록된 한 인물이나 사건에 대한 글 등을 종종 읽어 주던 대드의 옛 모습을 다시 보는 듯했다. 우리는 추억에 젖어 그 시 낭송을 들었다.

사람들은 자주 비이성적이고, 불합리하며, 자기중심적이다. 그래도 그들을 용서하라(People are often unreasonable, irrational, and self-centered. Forgive them anyway).

네가 만일 친절하다면, 사람들은 이기적이고 불순한 의도가 있다고 너를 비난할 것이다. 그래도 친절을 베풀라(If you are kind, people may accuse you of selfish, ulterior motives. Be kind anyway).

네가 만일 성공한다면, 몇 명의 불충한 친구들과 참된 적을 얻게 될 것이다. 그래도 성공하라(If you are successful, you will win some unfaithful friends and some genuine enemies. Succeed anyway).

네가 만일 정직하고 진솔하다면, 사람들은 너를 기만하려 할 것이다. 그래도 정직하고 진솔하라(If you are honest and sincere, people may deceive you. Be honest and sincere anyway).

네가 몇 년에 걸쳐 창조한 것을 누군가 하루아침에 무너뜨릴 수
도 있다. 그래도 창조하라(What you spend years creating, others
could destroy overnight. Create anyway).

네가 만일 평온과 행복을 얻었다면, 누군가는 질투할 것이다. 그
래도 행복하라(If you find serenity and happiness, some may be
jealous. Be happy anyway).

네가 오늘 한 선행을 사람들은 곧 잊을 것이다. 그래도 선행을 하
라(The good you do today, will often be forgotten. Do good
anyway).

네가 가진 최고의 것을 세상에 베풀어도, 충분치 않을 수 있다. 그
래도 최고의 것을 베풀어라(Give the best you have, and it will
never be enough. Give your best anyway).

결국 이 모든 것은 너와 하나님 사이의 일이다. 너와 그들 사이의
일이 아니라(In the final analysis, it is between you and God. It
was never between you and them anyway).

형들이나 누나들은 모르겠지만, 대드의 시 낭송을 들으면서 나는

그 시가 문득 맘과 대드의 삶에 대한 시 같다는 생각이 들었다. 그들은 얼마나 많은 이들을 도우려고 노력했던가? 도움을 몇 년이나 받은 사람 중에는 맘에게 그 은혜를 배신으로 되갚은 이들도 있었다. 그래도 그들은 하루하루, 한 사람 한 사람에게 사랑과 친절 그리고 현실적인 도움으로 다가가는 삶을 바꾸지 않았다. 문득 맘이 보고 싶다는 생각에 눈시울이 뜨거워졌다.

우리의 추억 여행은 계속됐다. 내가 이 집에 도착한 지 6주쯤 되었던 1982년 8월 말에 대드가 쓴 편지를 발견한 것이다. 대학으로 떠난 지 얼마 되지 않았던 쌍둥이 딸들, 즉 나의 누나들에게 보낸 편지였다. 역시 우리는 그때의 기억을 되살리며 시간 가는 줄 몰랐다. 거의 10페이지에 이르는 이 손편지에는 집에 남은 맘과 대드 그리고 내가 며칠 사이에 했던 일들이 자세히 적혀 있었다. 직접적인 말로 표현하지는 않았지만, 멀리 떠나간 딸들을 그리워하는 대드의 절절한 마음이 가득 담겨 있었다. 비록 멀리 떨어져 있지만 마치 가까이에 살듯이 살면서 일어나는 일들을 함께 나누며 살겠다는 대드의 의지가 느껴지는 감동적인 편지였다.

테레사 수녀님의 책이나 시보다 내 마음을 더 움직인 것은 사실 대드의 편지였다. 언젠가 아내의 친할머니가 그녀에게 보내 준 편지가 가득 담긴 상자를 본 적이 있다. 열일곱 살 때 이민을 가 버린 손녀에게 할머니가 종종 보내 준 편지들이었다. 아내는 가끔 "근주 보아라."로 시작되는 이 많은 편지들을, 멀리 있는 손녀를 그리워하는 할머니의 마음으로 가득한 이 편지들을 꺼내 읽곤 한다. 일제강점기 때 신앙을 지키려다 고문을 당해 잘 걷지 못했던 할머니가 생각날 때마다 이 편지들을 읽는다고 했다.

나도 유학을 온 뒤 얼마간은 부모님께 편지를 쓰곤 했다. 그때까지 점자를 배우지 않았던 엄마는 내 편지를 읽으려고 점자를 배웠다. 심지어 점자로 나에게 편지까지 쓰려고 노력했다. 마음껏 편지를 쓸 만큼의 실력이 되지 않는다는 것을 깨달은 엄마는 다른 이들에게 대필을 부탁하기도 했고, 또 녹음테이프에 목소리를 담아 보내기도 했다.

이런 긴 편지들에 대해서 떠올리다 보니, 문자 메시지, 카톡, 페이스북, 트위터 등으로 연락을 자주, 그러나 짧게만 하는 이 시대에 사는 우리가 불쌍하다는 생각에 이르렀다. 마음에 있는 것을 나누려면 긴 편지가 필요한 법인데, 요즘은 이런 편지를 쓰는 경우가 드문 듯했다. 혹시 짧은 글만을 교환하면서도 서로에 대해서 잘 안다고 생각하는 것은 아닌가. 만일 그렇다면 우리가 자주 주고받는 140자 이내의 메시지 때문에, 여유로운 시간을 갖고 대화하는 것마저 기억 속으로 사라져 가고 있지는 않은지 우려스럽다. 그리고 식사를 같이 하더라도, 텔레비전을 틀어 놓거나 스마트폰을 옆에 놓고 식탁에 같이 앉는 가족들이 많아진 것 같아서 안타깝다. 그럴수록 서로를 정말로 아는 데 꼭 필요한 대화, 즉 마음을 나눌 기회는 줄어들 수밖에 없으니까.

우리가 진실로 보기 위해 필요한 것들

주말 동안 추억을 나누고, 웃고, 먹으면서 즐기다가 문득 몇 년 전 가족 휴가 때 있었던 일이 생각났다. 같은 집에 있으면서도 주로 채팅으로 대화하는 손자 손녀들을 보면서 대드는 매우 속상해했다. 오랫동안 함께하지 못했던 식구들끼리 서로 대화하며 좋은 시간을 보내기 위해 마련했던 일주일 동안의 가족 휴가가, 의미 없는 채팅과 인터넷 멀티플레이어 게임으로 그 목적을 잃어버렸기 때문이었다. 사실 그런 것들은 미국 전역에서, 그러니까 각자의 집에서도 충분히 할 수 있었다. 20명이 넘는 사람들의 비행기 여행과 일주일 동안의 숙소, 그리고 역시 일주일 동안의 식사를 위해 그렇게 큰돈을 들이지 않아도 되었다는 계산이 나올 수밖에 없었다.

아이들보다는 좀 덜한 편이긴 하지만, 우리 어른들도 전에 몇 번 했던 가족 휴가 때처럼, 둘씩 셋씩 모여 앉아 대화하며 시간을 보내지는 못했다. 원래 가족 휴가는 2~3년에 한 번씩 가곤 했다. 떨어져 살기 때문에 명절 때나 1년에 한두 번씩, 그것도 잠깐 만날 수밖에 없는 가족들이 한곳에서 일주일 정도 같이 보내면서, 오랫동안 못 했던 대화를 하기 위해 시작한 휴가였다. 눈으로 서로의 모습이나 사진을 보고, 눈으로(혹은 손가락으로) 서로의 이메일이나 텍스트를 읽는 행위 외에 다른 필요한 것을 하기 위해서 모였던 것이다. 귀로 듣고, 머리로 이해하고, 마음으로 느끼고, 필요할 때면 손을 잡기도 하고, 어깨를 감싸 주기도 하고, 서로를 안아 주기도 하고, 눈물을 닦아 주기도 하는 것들 말이다.

영어 속담 중에는 이런 말이 있다. "A picture is worth a thousand words(그림 하나 보는 것이 천 단어의 글을 읽는 것과 같다)." 그림이나 사진이 말해 주는 것이 결코 단순하지 않다는 의미의 속담이다. 그러나 나는 이렇게 말하고 싶다. "To really see each other, you need at least a thousand words(서로를 정말로 보려면, 적어도 천 단어가 필요하다)." 이것이 대화가 됐든 긴 편지를 통한 것이든 상관은 없을 것이다.

점점 심해져만 가는 경쟁으로 하루하루가 바빠지고 있지만, 가끔은 부부끼리, 아이들과 또 형제 부모님들과 함께 보낼 시간을 만들어 보는 건 어떨까? 차나 코코아를 마시면서 대화를 나눠도 좋고, 가족끼리 산책을 해도 좋고, 얼마 만에 한 번씩 하는 가족 등산이나 소풍을 떠나도 좋고, 매달 각 식구가 원하는 영화를 보고 나서 대화하는 것도 좋다. 그러다 보면 진정으로 서로를 대하는 방법을 익힐 수 있지 않을까? 언제 돌아가실지 모르는 대드와 시간을 보내기 위해 우리 형제자매들이 함께 모여 짐을 정리하던 그 주말처럼 말이다.

10
자신감과 표현력을
길러 주어야 합니다
— 엄마의 역할에 대하여

중편소설 「쇼코의 미소」로 등단한 최은영 작가는 그 소설에 대해 이런 말을 했다. 아이를 무조건, 절대적으로 사랑할 수 있는 사람은 부모가 아니라 할아버지와 할머니라고. 그 말을 들었을 때 나는 이런 생각이 들었다. 그건 그럴 수밖에 없다고. 할아버지나 할머니와는 달리 부모는 아이에 대한 뚜렷하고도 절박한 책임감을 갖고 있으니까.

실로, 아이가 태어나 성인으로 자라기까지 부모가 해 주어야 하는 일은 매우 많다. 그래도 그중 가장 중요한 것을 뽑아 보자면, 아이가 부모의 곁을 떠났을 때, 삶을 혼자 살아갈 수 있도록 준비시켜 주는 것이 아닐까 한다.

여러모로 험한 세상을 혼자 살아가기 위해서는 꼭 필요한 것이 두 가지 있다. 하나는 누구에게나 또 어느 모양으로나 유용한 사람이 되는 것이고, 또 다른 하나는 다른 이들과의 관계를 잘 유지해 갈 수 있는 사람이 되는 것이다. 나에게는 이런 삶의 방법을 가르쳐 준 사람이 넷이나 있었다. 그중 나의 두 엄마는 내게 유용한 삶을 사는 방법을 가르쳐 주었다.

불가능한 것을 가능하게 한
첫 번째 엄마

나를 낳아 주신 엄마로부터 나는 눈에 보이지 않는 소중한 것을 물려받았다. 사범대를 졸업한 엄마는 유난히 교육열이 높아 나뿐만 아니라, 우리 삼 형제 모두의 교육에 열성을 쏟았다. 시각장애가 있다고 해서 나에게 다른 기대치를 적용한 것 같지는 않았다. 다만 나중에 어른이 되었을 때 어떻게 밥벌이를 할까 하는 걱정은 더 많이 한 듯하다.

당시 한국에서는 시각장애인들이 가질 수 있는 직업이 한정되어 있었다. 시각장애 학생들만 다니는 특수학교에서 교육이 이루어졌고, 대학 진학도 상당히 어려운 일이었다. 시각장애인들은 대부분 고등학교 때 배운 안마와 침술로 돈을 벌었다. 이 사실을 알게 된 엄마는 이런 결심을 했다고 한다. 내가 안마나 침술로 진로를 잡게 하지 않겠다고. 침술과 안마로 돈을 많이 버는 사람도 꽤 있었는데, 왜 그런 결심을 했는지는 아직도 잘 모르겠다. 아마도 남의 몸을 만지면서 밥벌이를 하게 될 내가 안쓰럽게 느껴졌나 보다. 그런데 큰아버지나 큰어머니 같은 의사들도 남의 몸을 만지면서 밥벌이하는 것은 마찬가지가 아닌가. 어떻게 보면 엄마의 자존심 때문이었다고 생각할 수도 있겠다. 어쨌든 엄마의 이러한 결심이 나에게 적어도 더 많은 직업을 선택할 기회를 주었던 것은 분명하다.

한때 엄마도 교편을 잡으려 했었고, 또 교수를 배출한 집안에서 자라서 그랬던 것일까? 엄마는 내가 갖게 될 직업을 교사나 교수로 선택했다. 나에게 선언하고 강요한 적은 없지만, 이를 위해 작전을 짜고 실천으로 옮겼다. 그렇게 싫어했던 피아노 레슨을 고집한 것도 세계적인 피아니스트보다는 음악 선생님이나 음대 교수를 염두에 두었기 때문이었다. 또 『완전정복』과 같은 전과를 점자로 찍어 나의 학업을 뒷바라지해 주기도 했다.

이런 엄마의 열성으로 나는 시험을 잘 볼 수 있었다. 피아노도 음악을 잘 모르는 사람들이 들으면 잘 친다고 할 정도로 제법 칠 수 있었다. 그러나 이런 것보다 더 소중한 것은, 목적을 이루기 위해서는 뭐든지 했던 엄마의 태도였다. 엄마는 피아노 레슨을 해 주지 않겠다는 선생님의 집에 찾아가 갓난아이를 돌봐주고 콩나물까지 다 듬어 주며 선생님이 내게 레슨을 해 주겠다고 할 때까지 갖은 애를 썼다. 그리고 형이 공부할 때 전과가 큰 도움이 되는 것을 보고, 점자 전과를 구하려 노력했다. 그런 것이 없다는 것을 안 엄마는 점 (인쇄물을 점자로 찍어 내는 일)을 하는 사람을 수소문하였다. 이러한 지난한 과정을 거쳐 나도 형처럼 교과서와 참고서를 갖고 공부할 수 있었다.

1980년대 초, 현직 교사들이 하는 과외가 불법이 되었다. 그런데 불행하게도 눈이 보이지 않는 아이들에게 피아노 레슨을 해 줄 수 있는 사람은 당시 서울맹학교의 김태용 선생님이 유일했다. 점자 악보 읽는 법을 배우고, 그것으로 곡을 외워 피아노를 쳐야 하는 시각장애인 학생들에게는 다른 선생님들로부터 레슨을 받을 선택권이 없었다. 이런 예상치 못한 일이 일어나자 엄마는 문교부와 청와대를 찾아다니며 우리 상황에 대해 설명했고, 결국 학교에서만 피아노 레슨을 하는 것으로 문교부의 허락을 받아 냈다. 새끼에게 먹이 사냥 방법을 가르칠 길이 막히자 '호랑이 엄마'의 특성이 나타났던 것이다. 나는 당시 정부에서 일하는 사람들과 싸워 이기는 엄마의 대담함에 놀랐다.

그리고 1982년, 내가 만 열다섯 살이 되었을 때 뜻하지 않게 엄마는 나를 유학 보내야만 했다. 생각했던 것보다 너무 빨리 탯줄을 끊었기 때문이었을까? 아직은 새끼가 스스로 사냥을 할 수 없을 거라는 생각 때문이었을까? 나를 보낸 후 엄마는 그렇게 오랫동안 울었다고 한다. 피아노 연습과 공부에 그렇게 엄했던 엄마. 손이 작아서 엄지와 새끼손가락이 피아노 건반 한 옥타브를 잡지 못하자 내 손을 잡아당겨 엄지와 약지 사이를 늘리려고 한 엄마. 그때만 해도 태평양 건너편에서 또 다른 호랑이가 나를 기다리고 있을 줄은 엄마는 미처 알지 못했다.

자신을 표현하는 능력을 길러 준
두 번째 맘

메리와 데이비드 오메셔 부부는 후원하고 있던 한 선교사로부터 부탁을 받는다. 한국에서 한 아이가 유학을 오는데, 학교에 다니기 전 6주 정도만 집에 머물게 하면서 영어를 가르쳐 달라는 부탁이었다. 이렇게 해서 나는 1982년 7월 중순부터 9월 초까지 북서 뉴저지주 마을에 있는 오메셔 씨 집에서 생활하게 되었다. 이 인연으로 그들은 결국 나의 또 다른 부모님이 되었다. 그들은 나를 자식처럼 여기며 당신들의 집에서 계속 살게 해 주었다. 법적인 절차는 밟지 않았지만, 만 열다섯 살 때부터 나를 키워 준 양부모, 맘과 대드가 되어 주었다.

한국에 있는 엄마 못지않게 맘도 나에 대한 계획과 꿈이 있었다. 그중 첫 번째는 내 영어 회화 수준을 미국에서 태어난 이들보다 더 유창하게 만드는 것이었다. 매일 늦어도 7시 전에 저녁 식사를 끝낸 뒤 나와 맘은 부엌 식탁에 앉아 대화를 나눴다. 매일 한 시간에서 한 시간 반가량 이런저런 얘기를 나누면서 단어 하나하나의 발음을 고쳐 주고, 그 뜻을 완전히 이해할 수 있을 때까지 거듭 설명해 주었다. 나중에 안 것이지만, 맘 역시 나의 엄마처럼 사범대에서 공부를 했으나 결혼하면서 교편을 포기했다고 했다.

또 맘은 미국 국립 도서관과 시각장애인에게 녹음 교과서를 제작 제공하는 단체에서 오디오북을 받아 보게 해 주었다. 책을 읽게 하려는 목적도 있었겠지만, 그보다는 본토 사람들의 말을 더 많이 들려줘 내 듣기와 말하기 실력을 완벽하게 만들어야겠다는 생각이 더욱 컸다.

그리고 1970년대에 유행했던, 백인 아빠와 그의 친딸 그리고 입양한 흑인 아들 둘이 같이 살면서 일어나는 일을 그린 「디퍼런트 스트룩스(Different Strokes)」라는 텔레비전 시트콤을 내가 즐겨보며 좀 알아듣는 듯하자, 이를 녹음하여 나에게 들려주었다. 게다가 영어를 토대로 하는 유머, 즉 말장난을 이해하고 즐기는 법까지 가르쳐 주었다. 맘의 이런 노력이 헛되지 않게 언제부턴가 나는 한국말보다 영어가 더 편한 사람이 되었고, 심지어 생각까지도 영어로 하게 되었다.

나를 위한 맘의 두 번째 계획은 내 생각이나 주장을 말과 글로 잘 표현할 수 있도록 훈련시키는 것이었다. 예를 들어 나는 학교에서 2년 동안이나 미국 역사를 공부해야 했는데, 맘은 학생들이 공부한 것을 자신의 말로 정리해서 글로 쓰게 하는 선생님 반에 나를 넣어 달라고 학교에 부탁했다. 그 덕에 나는 미국의 역사적인 사건 하나 하나를 책에서 읽고, 도서관에서 조사한 뒤 거기에 선생님이 가르쳐 준 것들을 종합하여 글로 써야만 했다. 그때는 정말 힘들었지만, 그렇게 배운 지식이나 알고 있는 것을 글로 표현하는 능력은 지금 까지 여러모로 나에게 도움이 되었다. 미국 대학생 중에도 이렇게 글로 자기표현을 잘하는 학생은 흔치 않다고 들었다.

또 내가 11학년 때 학생회 회장 선거에 출마하겠다고 하자 맘은 나에게 다른 사람들 앞에서 자신 있게 말하는 훈련을 시키기 시작 했다. 이것은 수업 시간에 하는 발표보다 더 어려운 일이었다. 발표 는 글로 써서 연습할 수 있지만, 전교 학생 앞에서 하는 토론과 학 생회 회의 진행은 연습한다고 잘할 수 있는 게 아니었다. 맘은 그래 도 자주 하면 실력을 키울 수 있다며 계속 연습을 시켰다. 그 덕에 나는 우리 고등학교 역사상 처음으로 2년 연속 학생회장이 될 수 있 었고, 많은 사람 앞에서 조리 있게 또박또박 말하는 능력을 갖추게 되었다.

내가 생각하는 바를 다른 이들이 쉽게 이해할 수 있게 글이나 말 로 표현하는 연습은, 내가 공부하고 일하는 데에는 물론, 다른 이들 과 좋은 관계를 맺고 유지해 나가는 데에도 큰 도움이 되었다.

자신감과 표현력,
부모가 자식에게 줄 수 있는 소중한 선물

아이들의 성공을 원하는 부모들에게 감히 말씀드리고 싶다. 언젠가 아이들은 부모 곁을 떠나게 된다. 천편일률적으로 하는 공부만을 아이에게 고집하면서 거기서 최고가 되게 하려고 키우기보다는, 아이 자신이 원하는 것을 스스로 결정할 수 있고, 또 그것을 혼자서도 꿋꿋하게 추구할 수 있는 사람으로 키워 보라고 말이다. 나의 한국 엄마는 불가능을 가능하게 만들 수도 있다는 것을 나에게 가르쳐 주었다. 모든 사람이 하나같이 불가능하다고 했던 월가 전문직에 뛰어들겠다는 용기는 바로 거기에서 비롯된 것 같다. 또 양엄마는 삶의 중요한 것들은 적당히 하는 것보다, 남이 상상할 수 없을 정도로 잘해야 한다는 것을 가르쳐 주었다. 또 아무리 많은 것을 안다 해도 남에게 그것을 전하지 못한다면 소용이 없다는 것도 가르쳐 주었다. 나는 무엇을 하든지 꼭 필요한 능력은 표현력이 아닐까 생각한다.

하버드 대학 입학 지원자들은 대부분 면접시험을 본다. 졸업생들이 이들을 1대1로 만나 한 시간 정도 대화를 나누는 방식이다. 2014년 1월 내가 우리 집에서 만난 한 학생은 유튜브에 올라온 영상을 통해 독학으로 바이올린을 배웠다고 했다. 그 아이는 돈이 없어서 바이올린 레슨을 받을 수 없었다고 부끄러움 없이 말했고, 자신이 생각해 낸 방법으로 바이올린을 배운 것에 대해 자랑스럽게 말했다. 또 음악이 가져다주는 마음의 위로와 부정적인 생각의 정화에 대해서도 감동적으로 설명했다. 결국 그 아이는 17대 1의 경쟁을 뚫고 하버드 대학에 합격했다.

모든 아이를 일류 대학에 보내는 것이 부모의 목적은 아니다. 아이들에게 불가능한 것을 추구할 자신감을 주고, 자기 생각을 잘 드러낼 표현력을 훈련하는 일이야말로 부모가 자식에게 줄 수 있는 소중한 선물이라고 나는 믿는다.

11
세상과 관계 맺는 법을
가르쳐야 합니다

— 아빠의 역할에 대하여

한국과 달리 미국에는 어머니의 날과 아버지의 날이 따로 있다. 5월 둘째 주 일요일은 어머니의 날, 6월 셋째 주 일요일은 아버지의 날이다. 그런데 어머니의 날에 이뤄지는 소비가 아버지에 이뤄지는 날의 소비보다 많다. 미국소매협회에 따르면 2014년 어머니의 날에는 꽃, 선물, 외식 등으로 199억 달러를 썼지만, 아버지의 날에는 125억 달러를 쓰는 데에 그쳤다고 한다.

이런 뉴스를 매년 접하지만, 그렇게 불공평하단 생각은 들지 않는다. 우리 모두에게 엄마란 아주 특별한 존재이지 않은가. 시간이 가면 갈수록 남녀나 부부의 역할, 특히 아이들 양육을 분담하는 부분에서 조금씩 더 공평해진다고 하지만, 아직도 아이들에게 주는 영향은 아버지보다는 엄마가 더 크지 않을까 싶다.

앞글에 썼듯이 내 삶에도 엄마의 역할은 아주 컸다. 내가 집을 떠나기 전까지, 하루하루 살아가는 데에 필요한 것들을 책임졌고, 독립하여 어른이 되는 데에 절대적으로 필요한 교육과 훈련을 실행한 분들이었다.

그렇다면 나에게 아버지란 과연 어떤 존재였을까? 두 아버지 역시 나에게 큰 영향을 끼쳤다. 나를 낳아 준 아버지는 내가 누구인지를 가르쳐 주었고, 내가 만 열다섯 살 때 나의 양아버지가 된 대드는 내가 어떤 사람이 되어야 하는지를 가르쳐 주었다.

아버지가 강조한 내가 누구인지, 어떤 가족에서 태어났고, 어떤 가치를 중요하게 생각하는 사람들의 자식인지를 돌아본다면, 내가 결국 어떤 사람으로 성장했는지 이해할 수 있을 듯하다. 그리고 인생의 중요한 질문을 던지며 고민하는 청소년 시기에 내 옆에서 아버지 역할을 해 준 양아버지는 본보기가 되는 말과 행동으로 훌륭한 인도자가 되어 주었다.

뿌리가 되어 준
첫 번째 아버지

1962년 겨울, 대구 근처에서 근무하고 있던 한 공군 대위는 미팅

자리에서 졸업을 앞둔 한 여대생을 만난다. 1964년에 결혼한 이분들, 즉 나의 부모님은 궁합도 볼 필요 없다는 네 살 차이의 커플이었다. 제대 후 수산업 협동조합에 입사한 아버지는 수협에서 떠오르는 스타 직원이었다고 한다. 승진이 유난히 빨라서 40대 초반에 이사가 되고, 1970년대에 대통령 표창을 받을 만큼 일을 잘했다는 얘기를 들었다.

그 세대의 아버지들이 다 그랬겠지만, 내 아버지도 아침 일찍 출근하고 저녁 늦게 퇴근했다. 유일하게 쉬는 날인 일요일에는 거의 온종일 주무시느라 우리는 조용히 있거나 밖에 나가서 놀아야 했다. 요즘처럼 주말은 물론 주중에도 아이들과 잘 놀고 많이 대화하는 아버지들이 당시엔 드문 편이어서 아버지가 그렇게 남다르게 느껴지지는 않았다.

내가 아버지와 생각을 나누며 그 마음을 조금이나마 이해하게 된 것은 유학을 준비할 때였다. 아버지는 나에게 두 가지를 강조했다. 그때만 해도 작은 나라였던 한국에서 선진국인 미국으로 유학 가려고 하는 어린 아들이 아무래도 걱정되었던가 보다. 말도 통하지 않고, 게다가 백인이 유색인종을 차별한다는 사실이 널리 알려졌기 때문이었던 것 같기도 하다. 아버지는 나에게 내가 한국 사람이라는 것을 강조하면서 한때 대단했던 우리 집안에 대해서 이야기해 주었다.

먼저 아버지는 내가 미국에 가서도 절대 다른 나라 사람들에게

꿀릴 것 없는 한국인이라는 사실을 기억하라고 말했다. 왜 한국을 자랑스럽게 생각해야 하는지, 따라서 왜 내가 한국인이라는 사실에 자부심을 가져야 하는지 그 이유는 많았던 것 같은데, 지금까지 내가 확실히 기억하는 것은 다음 둘이다. 하나는 한국 역사를 돌아볼 때 우리는 다른 나라를 침략한 적이 한 번도 없는 선한 사람들의 나라라는 것이었다. 또 다른 하나는 서양보다 200여 년 빨리 금속활자로 책을 찍어 내며 일찍이 인쇄 기술을 발전시킨 나라라는 것이었다.

그다음으로 아버지가 나에게 해 준 이야기는 내가 오랜 역사를 지닌 집안에서 태어났다는 것이었다. 고려시대 때 중국에서 건너온 궁중 의사가 우리 집안의 시조였다고 했다. 그리고 연산군의 처남이자 중종의 장인이었던 신수근은 중종 때 우의정을 지냈고, 연산군을 끝까지 모신 충성스러운 신하였다고 했다. 신하로서 폭군 곁을 끝까지 지킨 행동이 과연 좋은 것인지 나쁜 것인지에 대해서는 토론하지 않았다. 다만 아버지는 내가 정승과 왕비가 둘이나 나온 집안의 자손이라는 사실을 잊지 말라고 당부했을 뿐이다.

내가 튼튼한 자존감을 갖게 된 것은 꼭 선하고 똑똑한 사람들이 많은 나라와 대단한 집안에서 태어난 사실을 기억했기 때문만은 아니다. 그보다는 나를 소중하게 생각해서 그런 말씀을 해 준 사람이 나의 아버지고, 내 앞날을 위해 교육과 훈련에 열을 높인 사람이 나의 엄마라는 사실, 즉 나를 아끼고 사랑하는 사람들이 내 부모님이라는 사실이 나에게는 더 큰 자존감을 주었다. 그래서 다른 사람들의 차별적인 발언이나 대우도 나에게는 큰일이 되지 못했다. 아버지의 가르침은, 땅에 뿌리를 확실하게 두었기 때문에 큰 바람에도 흔들리지 않는 나무와 같은 사람으로 나를 만들어 주었다.

날개를 달아 준
두 번째 대드

훗날 나의 양아버지가 될, 내가 '대드'라고 부르는 데이비드 오메셔 씨는 1953년 유나이티드 항공사에 비행기 조종사로 입사했다. 공교롭게도 그도 나의 아버지처럼 공군 장교 출신이었다. 나는 대드로부터 자상한 남편과 아버지가 되는 법을 배웠다. 처음에는 단지 문화 차이라고만 생각했는데, 그는 영국계 미국 남자 중에서도 유난히 자상한 사람이었다. 나는 대드의 행동을 통해 내가 아끼는 사람이 나와 다른 생각을 하고 있을 때 그를 설득시키지는 못할지라도, 계속 아껴 주고 지원해 줘야 한다는 것을 배웠다. 또 내 가족뿐만이 아니라 다른 사람들을 돕는 일의 중요성에 대해서도 직접 본을 보이며 자식들에게 가르쳤다. 이것들은 내가 독립적인 학교생활과 사회생활을 하는 데 큰 도움이 되었다.

대드는 맘을 항상 "디어(Dear)"나 "스윗하트(Sweetheart)"라고 불렀다. 말뿐만이 아니라 행동으로도 아내를 지극히 위했다. 아침 식사로 팬케이크와 소시지를 굽고, 오렌지 주스를 짜고, 커피를 만드는 날이 자주 있었다. 음식을 직접 만들 뿐만 아니라, 서빙도 레스토랑 웨이터 못지않게 잘했고, 설거지 역시 다른 사람들을 시키지 않았다. 비행기 조종사는 며칠씩 집을 비우기 때문에, 집에서 쉴 때면 이렇게 아내를 편하게 해 주었던 것이다.

자식들에게도 대드의 정성은 대단했다. 쌍둥이 딸들이 불치병인 타까야수 동맥염(Takayasu's arteritis)에 걸리자 식이 요법으로 그녀들을 치료하기 시작했다. 얼마 살지 못한다는 의사들의 말을 무시하고, 하루에 딸 둘에게 각각 열세 잔의 채소 과일주스를 만들어 먹였다. 물론 이 일은 맘과 대드가 같이 했지만, 매일매일 필요한 유기농 채소와 과일을 먼 곳에서 비행기로 받아 오고, 일주일에 두 번씩 공항에 가서 차에 실어 오는 일은 대개 대드가 맡았다. 그래서 17번째 생일을 맞기 어려울 거라던 내 쌍둥이 누나들은, 얼마 전에 106번째(53살×2명) 생일을 맞을 수 있었다.

이런 대드의 열성이 딸들에게만 국한된 것은 아니었다. 둘째 아들의 색맹을 고쳐 준 의사에게 나를 데려가 내가 시력을 되찾을 가능성이 조금이라도 있는지 물어봤다. 가능성이 아주 없지는 않다는 답을 듣고, 대드는 일주일에 두 번씩, 새벽에 일어나 45분 거리에 있는 의사 진료실로 나를 데려가 주사를 맞힌 뒤, 지각하지 않게 학교까지 데려다주었다. 그냥 키워 준 것만으로도 모자라, 대드는 나의 눈을 고쳐 보겠다고 시간과 돈을 그렇게도 많이 썼다.

내가 결국 마지막으로 집에 남게 된 아이여서 그랬을까, 대드는 나의 말에 잘 귀를 기울여 주었다. 공부에 대한 고민이 있을 때도, 여자 친구 때문에 속상한 일이 있을 때도, 맘에게 혼이 난 후에도 대드는 내 말을 잘 들어 주었다. 집 앞에 있던 그네 의자에 앉아 종 종 우리 두 사람은 오랜 대화를 나누곤 했다.

그러던 어느 날 나는 대드에게 피아노를 그만두겠다고 선언했다. 소질도 없고 좋아하지도 않는 피아노를 계속하는 것보다는, 공부에 더 신경을 써야겠다고 판단했기 때문이다. 클래식 음악을 좋아하고 내 음악을 제일 아끼는 사람으로서 대드는 거기에 반대했다. 하지 만 음악을 계속했을 때 일어날 수도 있는 삶의 어려움에 대한 두려 움, 또 그런 힘든 삶을 감수할 정도로 음악을 사랑하는 마음이 없다 는 것 등을 내가 설명했을 때, 대드는 이렇게 답했다. 내 선택에 동 의하지는 않지만 그래도 받아들이겠다고. 선생님에게 찾아가서 피아 노를 그만두겠다고 얘기한 그 날, 대드는 나와 동행해 주었다. 어려 운 대화를 앞두고 걱정하는 나를 위해 일부러 시간을 내준 것이다. 그렇게 대드는 언젠가 내가 내 자식의 생각을 존중하는 아버지가 될 수 있도록 그 지도를 그려 주었다.

아이들에게 물려주고 싶은
마음의 유전자

물론, 이런 것들보다 내 가슴 속에 더 오래 남은 것은 낯선 아이를 받아들여 키워 준 두 분의 마음이었다. 나중에 알게 된 사실이지만, 그들은 부모와 문제가 있어서 따로 살아야 하는 청소년들을 얼마간 그들 집에서 머물게 한 적이 여러 번 있었다. 그렇게 자신의 집과 마음을 열어 놓았던 사람들이었다. 이에 대해 언젠가 내가 대드에게 이렇게 물었다. 세상에는 도움이 필요한 사람들이 많은데, 누구를 도와야 할지 어떻게 결정하느냐고. 대드는 이러한 답으로 내 머릿속에 영원히 남을 그림을 그려 주었다.

셀 수 없을 정도로 많은 불가사리가 바닷가를 뒤덮고 있었다고 한다. 아마도 밀물에 잘못 밀려 들어왔던 모양이다. 두 사람이 그 바닷가를 따라 걷고 있었는데, 앞선 사람이 걸으면서 한두 개씩 불가사리를 주워 바다로 던지는 게 아닌가. 뒤에서 걷던 사람이 앞사람에게 물었다. 천 마리 만 마리도 넘는 불가사리 중 이렇게 몇 마리만 살리는 게 무슨 의미가 있느냐고. 그러자 앞사람은 이렇게 답했다. 바다로 돌아가는 이 몇 마리에게는 아주 큰 의미가 있지 않겠느냐고.

세상에는 많은 사람을 위해 일하는 단체도 존재하지만, 인연으로, 아니 하나님의 인도로 만나게 되는 한 사람 한 사람을 크게 돕는 일도 의미가 있다고 대드는 말해 주었다. 큰 단체에 속해서 돕는 데에는 소질이 없지만, 열어 놓은 마음속으로는 계속 사람들이 들어왔다는 것이었다. 다른 이들에게 도움을 주기보다는 그들의 도움을 많이 받는 나로서는 꼭 새겨들어야 할 말이었다.

대드와 이런 대화를 통해 그리고 그가 다른 이들을 위해 노력하는 것을 보면서, 무의식중에 자상한 남편, 좋은 아빠, 그리고 다른 이들을 힘껏 돕는 사람이 되는 것이 내 삶의 목표가 되었고, 이것은 내 삶에 날개를 달아 주었다. 학교 친구나, 회사 동료 그리고 우연히 기차 안에서 만나는 사람들까지, 그들에게 진심으로 관심을 품는 것이야말로, 그들 역시 나를 진심으로 대하게 하는 최고의 방법임을 깨달은 것이다. 나도 이런 마음의 유전자를 내 아이들에게 물려주는 훌륭한 아빠가 될 수 있다면 얼마나 좋을까?

12
참사랑은 적어도 셋이 하는 것
— 아이를 갖는다는 것의 의미

얻을 수 없는 것을 간절히 원하는 것처럼 힘들고 안타까운 일은 드물다. 1996년 3월 9일, 나와 근주의 결혼식이 있기 전부터 우리 두 사람에게는 아주 큰 꿈이 있었다. 어떻게 보면 시시하다고 하겠지만, 우리는 무엇보다 아기를 갖고 싶었다. 우리는 각각 서로를 닮은 아기를 낳기 원했고, 그 아이들을 사랑으로 열심히 키울 것을 그리며 앞날의 행복을 계획했다.

하나만 낳으면 아이가 너무 쓸쓸할 것 같아서, 적어도 둘은 낳아야겠다고 동의했다. 그런데 둘보다는 셋이 더 좋을 것 같았고, 이왕이면 넷, 즉 아들 둘에 딸 둘이면 더욱더 좋겠다는 생각이 들었다. 이런 우리의 대화를 엿들은 엄마가 이런 말씀을 하셨다. 우선 하나

낳고 키워 본 뒤에 둘째, 셋째에 대해서 얘기하라고.

결혼한 지 몇 달이 되지 않은 어느 날, 근주는 아침에 속이 메스껍다고 했다. 우리는 올 것이 왔구나 하며 좋아했다. 하지만 그건 그냥 속이 좋지 않은 것일 뿐이었고, 그때부터 아이를 갖는 것에 대한 불안감이 우리 부부의 마음속에 싹트기 시작했다. 결혼한 지 얼마 되지 않았기에 큰 걱정이 들지는 않았지만, 결혼기념일을 두 번 맞을 때까지도 아기 소식이 없자 그 걱정은 점점 더 커져만 갔다.

최악의 상황에서
최선의 길이 보인다

한편 만난 지 6개월도 되지 않아 결혼을 결심하고, 또 그 후 6개월 만에 결혼한 우리 부부에게 아주 큰일이 닥쳤다. 나를 고용했던 JP모건의 앞날이 흐려지면서, 회사 내에서나 증권시장에서 합병이나 감원에 대한 소문이 돌기 시작한 것이다. 소매 은행을 제외한 모든 금융 분야에서 사업을 진행하며 1만 7,000명이 넘는 직원들을 거느리고 있었던 JP모건은 결국 2000년에 체이스맨해튼에 합병된다. 불행하게도 내 이름이 1998년 JP모건이 단행한 감원 리스트에 올랐고, 우리 부부 중 소득이 더 높았던 나는 하루아침에 일자리를 잃게 되었다.

전통적인 결혼식에서 하는 서약에는 이런 말이 있다. "부유할 때나 가난할 때나." 무슨 일이 있어도 서로를 아내로, 남편으로 삼고 죽을 때까지 함께할 것을 맹세하는 언약이다. 그런데 우리 부부에게 "가난할 때나"의 의미를 확실히 경험할 기회가 결혼 후 2년도 되지 않아 찾아온 것이었다.

상사와 인사과 직원에게 감원 소식을 들었던 그 날을 평생 잊지 못할 것 같다. JP모건의 주식이 계속 내려가는 바람에 감원을 단행할 수도 있다는 소문을 들은 바 있긴 했지만, 정작 이 일이 현실로 다가오자 근주와 이젠 어떻게 살아야 하나 하는 걱정에 마음을 졸였다. 하지만 하늘이 무너져도 솟아날 구멍은 있었다. 감원 명단이 2월에 발표되긴 했지만, 다행히도 다른 직장을 찾아볼 수 있는 시간을 주는 조항이 있었다. 그렇게 나는 6월 말까지 JP모건에 있으면서 새로운 일자리를 회사 내외에서 알아볼 기회를 갖게 되었다.

사람들은 흔히 이런 말을 한다.

"내 최고의 결정은 다른 사람이 해 줄 때도 있다(My best decision is sometimes made by someone else)."

이 말처럼, 내 삶의 최고 결정 중 하나도 JP모건이 나를 감원시킨 데에서 비롯되었다. 이 일을 통해 나는 내가 선택한 사람, 근주의 인격과 사랑을 다시 한 번 확인할 수 있었고, 결국 더 좋은 직장을 구하게 되었으니까. 근주는 감원 소식을 접하고서도 나를 굳게 믿어 주었다. 틀림없이 더 좋은 직장을 찾을 수 있을 거라고 했고, 나 같은 큰 인재를 놓아주는 바보 같은 JP모건에는 더 있을 필요도 없다고 했다. 월가 회사에서 일하는 시각장애인은 그때나 지금이나 아주 드물어서 한 손에 꼽을 정도인데도, 자기 남편은 충분히 다른 직장을 구할 수 있을 거라고 확신했다. 그때 근주의 태도를 생각하면, 아직도 마음이 뭉클하다. 생계의 위협을 받고도 굳은 믿음만으로 남편을 지원해 준 사람. 게다가 생각지도 않았던 장애인과 결혼한 지 얼마 되지 않아 이런 일을 당했는데도 흔들리지 않았던 사람. 진실로 백만의 하나일 것이다.

내가 직장을 구하기 위해 노력했던 그때를 회상하며 근주가 하는 말이 있다. 감원을 당하고서도 매일 아침 양복을 입고 출근하며 용기를 잃지 않는 나를 보면서 믿고 확신할 수 있었다고. 그런데 그것은 틀린 말이라 생각한다. 근주의 믿음과 확신 때문에 내가 희망을 잃지 않고 열심히 할 수 있었으니까. "너 때문에 내가 무엇을 못한다."고 하면서 배우자를 원망하기보다는, 이렇게 좋은 일을 배우자의 탓이라고 떠넘기면서 항상 살 수 있다면 얼마나 좋을까?

감원 때문에 내가 받을 수 있었던 축복은 그뿐만이 아니었다. 3개월 남짓 노력했을까, 나는 두 회사로부터 고용 제안을 받게 되고, 지금까지도 일하고 있는 회사, 브라운 브라더스 해리먼에 입사하게 된다. 첫 출근은 1998년 6월 29일이었다. JP모건에서 나와야 하는 날이 30일이었으니, 이틀의 여유를 갖고 직장을 구하려고 했던 나의 노력이 성공한 것이었다. 하는 일도 JP모건에서 해 왔던 대출을 위한 신용분석이 아니라, 내가 평소에 하고 싶어 했던 증권분석으로 바꿀 수 있었다. 두 회사가 나를 놓고 경쟁하는 통에 연봉도 44퍼센트나 오르게 되었다.

함께 기뻐하고 슬퍼하며
단단해지는 시간

위기 후에 기회가 온다고들 하던가. 직장 문제가 해결된 뒤 우리는 또다시 아기에 대해 고민하기 시작했다. 피임 없이 2년 동안 임신하지 못하는 사람들을 불임 커플이라고 한다는 말을 들었다. 그해 가을 우리가 바로 이 불임 커플 중 하나라는 사실을 받아들이고 치료를 받기로 했다. 우리는 뉴욕에 있는 코넬대학병원 불임센터에서 검사를 받고 소위 말하는 불임 치료를 시작했다.

불임 치료처럼 스트레스를 많이 받는 일도 드물 것이다. 인공수정과 체외수정(시험관 아기)이라는 치료 방법으로 아기를 가지려고 시도했다. 웬만한 차 한 대 가격의 비용도 문제긴 했지만, 이런 불임 치료가 여자 몸에 상당한 스트레스를 준다는 게 더욱더 큰 문제였다. 부부에게 이런 일은 사이를 갈라놓을 만큼 정신적인 스트레스로 다가올 수밖에 없다. 배란, 착상 등을 위하여 여자는 많은 호르몬 주사를 맞아야 하고, 수정한 후에는 하루가 멀다 하고 피를 뽑아 검사를 해야 한다. 아침 일찍 불임센터에 가서 피를 뽑으면, 오후 2~3시쯤 그 결과가 나오는데, 그걸 기다리는 마음은 불안, 초조 같은 낱말로 표현할 수 없을 정도다. 결과에 따라 임신이 되었는지를 알게 되고, 임신이 되었다 하더라도 안정권에 들어가기까지는 호르몬 레벨이 계속 잘 올라가야 한다. 하루라도 호르몬 레벨이 올라가지 않거나 떨어지면, 임신은 실패한다.

대개 불임 부부들은 같은 마음으로 아기를 원해서 치료를 시작할 것이다. 하지만 매번 한 달이 넘는 치료 기간과 되풀이되는 실패는 부부 사이에 금을 내기도 한다. 육체적·정신적·금전적인 스트레스에도 불구하고 계속 아기를 간절히 원하는 사람이 있는가 하면, 이런 스트레스를 겪은 후 잠시 쉬든지 아기 갖기를 포기하고 싶어 하는 사람도 있다. 같은 커플이 이렇게 각각 다른 마음을 먹을 때면, 부부의 사이가 온전하기가 어렵다. 그래서 불임 치료 후 갈라서는 사람들도 적지 않다고 들었다.

이런 면에서도 우리 부부는 유난히 축복받은 사람들이었다. 나는 자신에게 호르몬 주사를 놓는 근주를 보면서 많이 안타까워했고, 우리는 피검사 결과를 기다리는 두려움까지도 함께 나누며 불임 치료를 시작했다. 첫 인공수정으로 임신을 했을 때는 같이 기뻐했고, 그 임신이 유산된 것을 알았을 때 역시 같이 슬퍼하며 서로의 눈물을 닦아 주었다. 두 번째 시도도, 세 번째 시도도 유산으로 끝나자 우리 부부는 잠깐 쉬기로 했고, 많은 대화를 통해 서로의 마음을 어

음악적인 재능은 부족했지만 세계적으로 유명한
피아니스트가 되는 것이 내가 처음으로 품은 꿈
이었다.

1981년 3개월간 나는 서울맹학교의 4중창단
형들과 함께 미국 전역을 여행했다. 이 콘서트
여행 중에 방문한 오버브룩 맹학교가 결국 나에
게 유학의 기회를 주었다.

1982년 미국으로 유학 떠나는 공항에서. 왼쪽부터 엄마, 아빠, 나, 형, 내 앞에 동생 택규.
먼 길을 떠나는 나를 걱정해서인지 다들 표정이 밝지만은 않다.

오버브룩 맹학교 입학 전인 1982년 여름, 오메셔 씨 댁에 살고 있을 때 수영장이 있는 이
웃집에 초대받아 갔다. 전혀 수영을 못 하는 내가 폼만 잡고 있다.

150년의 역사를 자랑하는 오버브룩 맹학교 앞에서.

ky's the limit for Korean student
Blind Kittatinny youth aiming for research job with NASA

By CATHERINE SCHETTING
Staff Writer

PTON — He isn't exactly the *average* high school

some students may share his goal of one day
ng a research scientist in the National
utics and Space Administration, S. Joel Shin is
accomplished pianist, third in his junior class at
ny Regional High School and Student Council
nt.

so holds a part in the school musical and is
ed as a computer "whiz."

walks through the halls like any other student,

greeting his friends as he goes from his locker to his clas-
ses — seeing them is that he can't see them, he
can only hear what they say.

Joel has been blind since he was 9 years old. Born in
Korea 19 years ago, he suffered from glaucoma and a
detached retina. Surprisingly, he has never used a cane,
guide or seeing-eye dog.

"WHEN I CAME here, the special education depart-
ment and the child study team arranged it so that I would
leave class later than everyone else," said Joel. But the
special scheduling made him feel different, so he decided

to take his chances and go to and from class with th
other students.

That was over two years ago and the situation ha
worked well ever since. Students and staff member
make sure Joel gets safely to his classes; his locker
located at the end of the row; and he takes the first se
in the first row in the classrooms.

Barry Flitcroft, a missionary in Korea, introduce
Joel to the U.S. when Joel was a piano accompanist for
group of blind Korean students who made a music tour
the U.S. When the group performed at the Overbroo
School for the Blind in Philadelphia, the director invite
Joel to attend.

A year later, Joel enrolled at the school but only staye
for a year.

"I FELT I needed more than the special educatio
they had," said Joel, who managed to earn an A
English during his first year in this country.

Joel said he wanted to be educated in the U.S. becau
there are more career opportunities for the blind her

"Over in Korea, the only career for blind people is
instruct other blind students. Kind of like the bli
leading the blind," quipped Joel.

Donna Greene, learning consultant at Kittatinny, sa
Joel's "phenomenal" memory and proficiency with co
puters have helped him succeed in his new Americ
studies.

"JOEL LEARNED a lot about computers on his ow
and through a course he took at Drew University," se
Greene. "He uses a voice synthesizer that gives audit
feedback and the New Jersey Commission for the Bli
gave him a Versabraille. He hooks it up with the voi
synthesizer and Apple (computer) and uses it f
programming and word processing."

Greene explained the typewriter-like Versabrai
rests on Joel's lap and the keys type in Braille. When
hooks the Versabraille to the computer, the Braille
converted to regular print for the teachers to read.

While Joel is going through the process of gaining U
residency, he is living with Mary and David Ormesher
Hampton, who are friends of Barry Flitcroft.

Mrs. Ormesher, who says she and her husband fi
met Joel on his musical tour, confirms the fact th
despite his accomplishments, Joel is as normal as a
other teen-ager in most ways.

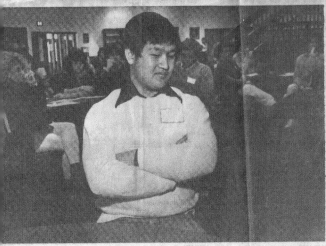

(Anna Murphey photo)

RE SCIENTIST — Korean-born Joel Shin, a
t Kittatinny Regional High School, is blind but

his handicap hasn't stopped him from mastering the
school computers or earning a top ranking in his class.

STRAIGHT SHOOTER
Blind teen an achiever in school, archery

By PATTY PAUGH

nkyu Shin copes every day with
, cultural and linguistic bar-
at they haven't barred the kind
teenager from taking up ar-
ancing in a school musical or
ng German.

ile attending Kittatinny Re-
High School in Sussex County,
, is forging new paths for visu-
ally impaired students studying
schools, educators say.
instructors attribute his ac-
hments to his own intellectual
and to the school's innovative
er system for visually impaired
s, said Nancy Hanson, educa-
nstructor for the New Jersey
ssion for the Blind and Visually

his system is very revolution-
thing like this was available in
" she said.
n is one of 10 students in the
use VersaBraille, a $6,700 wor
er purchased by the commis-
which allows him to take class
a braille.
ooked up to a personal compu
nter, the VersaBraille will tran-
-his notes into hard copies of
or conventional letters, which
mitted as homework.
is teachers also can use the com-
o prepare Braille tests for Shin
e Hampton school's Braille-Edit
ter program, the first of its kind
ide, allows him a gifted and tal-
student, to sharply reduce the
hat other visually-impaired stu-
elsewhere in the state need to
end their studies, according to
n.

lthough math and computers are
ve," Shin uses his spare time for
pursuits, such as drama and

high school sophomore will
his dancing debut next month in
ool's production of "Mame."

laying the part of Mame's Orien-
tler, he takes a spin around the
with a nanny, portrayed by stu-
aura Royce.

first it was difficult. I was
ng on her foot. I'm going forward,
going backward," he said, in pre-
arely accented English "
the stage is nothing new for Shin
came to this country for a

Photo by Richard

Soonkyu Shin, a blind student at Kittatinny Regional High School in
sex County, takes notes with a VersaBraille word processor

United Airlines pilot and member of
the Kittatinny Board of Education, who
wanted Shin to attend Kittatinny
School officials appeared to treat
Shin's enrollment at Kittatinny in 1983
with more trepidation than he did.

"We thought, 'How is he going to
get around the school? . . . How do you
teach a visually impaired student geo-
metry?' He turned out to be the best
student last year," said Donna Greene,
the school's learning consultant.

Shin learned to make his way
through the halls with the help of Or-
member and a mobility specialist from
the Commission for the Blind and Vi-
sually Impaired. He cheerfully admit-
ted he still bumps into things anyway.

"But my forehead's getting used to
it. It doesn't hurt anymore," he joked.

Soonkyu's disability has not
stopped him from participating in any
program, including physical education

"The kids are very kind, I find,"
said.
One friend, David Lawrence, 1
Paulins Kill Lake, said Shin is accep
by the students.

"He fits in well," he said
Shin has added some excitemen
the school, Lawrence said, remem
ing the time Shin and others were p
ticing basketball shots.

"He was throwing hundred
balls. One time it arced, bounced o
kid's head and went into the bas
Lawrence said in amusement.

Despite the wide range of act
ties in which he is involved, Shin
vorite haunt is the computer lab
tory, where he spends many hours a
school.

"We just turn out the lights an
goes to work," Greene said.
Shin cons the computer by lis
ing to a voice synthesizer rather
watching a computer monitor.

Computer whiz Joel Shin, a blind 19-year-old
Korean, instructs Tara-Lynn Oxenham, a visually
impaired 7-year-old, in the use of computer at
Camp Marcella.

By Barry Klpnis

Joel Shin is 19 years old, Korean
and a whiz at computers. He is also
totally blind. This summer Shin is
sharing his computer expertise with
Children, Inc. in 1946. A private non-
profit organization, the Camp for
Blind Children, Inc. provides the
land, equipment, staff and housing
to the Commission for a rental fee of

Summer is fun
at Camp Marcella

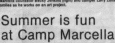

Camp Marcella counselor Becky Jenkins (right) and camper Larry Zullan
are all smiles as he works on an art project.

In addition to teaching campers
about computers, Shin also serves
as a counselor.

He is due to graduate from high
school next June. He would love to

camp one of their official projects.
He cannot forget, either, the con-
tributions of individuals such as
Nathan Rogoff, chairman of the
camp's board and one of its founders
who gave the camp its new

뉴저지 일간지에 나온 나에 대한 기사. 양궁, 뮤지컬,
시각 장애 아이들을 위한 컴퓨터 캠프 등등…… 활발
했던 나의 고교 생활을 잘 보여 주고 있다. "할 수 없는
것이 없는 것 같다."는 말이 특히 인상적이었다.

1991년 340번째 하버드 대학 졸업식. 한 사람씩 앞으로 나가 졸업장을 받는 세리머니를 기다리는 중이다.
그날 마지막으로 앞에 불려 나간 나의 안내견 지기는 졸업장과 장난감을 선물로 받았다.

하버드 대학 졸업식에 참여하러 한국에서 오신 엄마 유옥임 여사와 뉴저지에서 오신 대드와 맘 그리고 오랜 세월 나와 함께한 안내견 지기와 함께. 이들의 도움이 없었다면 나는 하버드라는 명문 대학의 환경을 경험할 수 없었을 것이다.

2005년 추수감사절을 함께 보내기 위해 플로리다에 모인 미국 가족들. 당시 암 투병 중이던 맘은 나에게 이렇게 말했다. "슬퍼하지 마. 너희들의 목소리를 듣고, 볼 수 있는 게 얼마나 좋은지 몰라." 우리는 3주 후에 맘과 사별했다.

대드의 집 서재 베이비 그랜드피아노 위에 놓인 자식과 손주들의 사진.

대드는 '프로젝트 오르비스'라는 단체에서 조종사로서 봉사 활동을 오래 하셨다. 프로젝트 오르비스는 안과 병원 시설을 갖춘 DC10 제트 비행기로 전 세계의 많은 나라에 다니면서, 현지 의사들에게 최신 수술 기술을 가르치는 단체다. "좀 일찍 한국에 이 비행기가 갔었더라면 네 실명을 막을 수도 있었을 텐데." 하고 대드는 언젠가 말씀하셨다.

내가 일하는 월스트리트 투자은행 브라운 브라더스 해리먼에서.
내 자리는 동료들의 공간과는 좀 다르다. 컴퓨터 모니터가 필요 없
는 대신 키보드 밑에는 점자 디스플레이가 놓여 있다. 나는 거기에
나타나는 점자와 이어폰으로 들리는 말소리를 통해 모니터의 정보
를 읽는다.

회사 동료 마리나의 집에 우리 부부를 비롯한 몇 커플이 초대되었다.

동료이자 절친한 친구 게리 시모넬리의 입사 25주년 기념 깜짝 파티. 핸드폰을 잃어버렸다는 내 말에 속은 그가 50여 명의 동료들이 기다리고 있는 회의실로 들어서고 있다. 오랫동안 형제처럼 친하게 지내 온 그를 위해 내가 앞장서서 파티를 준비했다.

2013년 플라잉 해피니스를 통해 미국을 방문한 동명 보육원 아이들이 내가 다니는 회사에 찾아왔다. 이 여행을 통해 아이들이 행복한 추억을 갖고 인생을 바꿀 수 있는 인연을 만들 수 있기를.

6개월 된 아들 데이비드 패트릭(DP)과 마주보며 놀고 있는 나. 아들이 태어난 후 나는 'DP 익스프레스'라는 이름의 급행열차를 타고 퇴근하곤 했다. 오랫동안 소망했던 아이와 이렇게 놀기 위해서.

2009년 여름 도미니카 공화국 푼타카나 해변에서. '벌 받는 마음'으로 그리고 '가족을 위한 큰 봉사 차원'에서 이 촬영에 응하고 있는 중이다.

데이비드와 새로운 식구가 된 예진이. 대드와 맘이 나를 마음으로 입양하여 길렀듯이 나 또한 그러한 마음으로 예진이를 새로운 식구로 맞아들였다.

루만저 주었다. 밤을 새우면서 많은 대화를 나누기도 했다.

자궁 외 임신으로 근주가 응급 수술을 받기도 했다. 한밤중에 수술실 밖에 앉아서 나는 이런 생각을 했다. 하나님이 근주라는 소중한 사람을 평생 사랑하고 아끼라고 주었는데, 우리는 왜 이렇게 위험한 치료까지 하면서 아이를 달라고 떼쓰고 있는 걸까? 결혼은 서로 사랑하기 위해 하는 것이지, 아이가 꼭 있어야 하는 것은 아니지 않을까? 그리고 자식으로 우리 몸에서 낳는 아이만을 고집할 필요가 있을까?

시험관 아기도 두 번이나 시도해 봤지만, 역시 임신이 된 후 유산되고 말았다. 이렇게 4년 가까이 우리 부부가 힘들게 함께했던 불임 치료 여행은 아쉽지만 결국 끝을 낼 수밖에 없었다. 무엇보다 하나님이 우리 부부를 위해 계획해 주신 삶에 아기가 있을지 없을지는 몰랐지만, 이렇게 힘들게 아기를 갖게 하시지는 않을 거란 결론을 내렸기 때문이었다.

아이를 낳고 기르며 느끼는 인생의 참맛

우리 부부는 아무리 생각해 봐도 입양을 하는 편이 좋겠다고 의견을 모았다. 이 일을 새롭게 시작하기 위해 우리는 살아가는 환경을 바꾸기 시작했다. 9년 넘게 살았던 뉴욕을 떠나, 근교에 있는 뉴저지의 한 도시로 이사를 했다. 아이를 입양하려면, 침실이 하나밖에 없는 큰 도시 아파트보다는 침실도 두세 개 되고, 공기 좋고, 이웃도 좋은 교외 주택가에 있는 단독 주택이 더 좋겠다는 생각에서였다. 또 복잡하고 오랜 시간이 필요한 입양 과정을 위해 근주가 직장을 그만두었다. 집에 있으면서 건강을 위해 운동도 하고, 입양 서류 작성에 힘을 쓰기로 했다. 물론 아기는 한국에서 입양하기로 했다.

2004년 여름 한창 입양 서류 작성에 열을 높이던 어느 날, 퇴근 후 나는 이상한 것을 발견하게 된다. 안방 화장대 위에 내가 너무도 잘 아는 길쭉한 도구 네댓 개가 놓여 있는 것이었다. 하도 이것들을 많이 사 봤기 때문에, 나는 즉각 이것들이 임신 테스트기임을 알 수 있었다. 포장지가 없었기 때문에, 갖고 있었던 여유분은 아닌 듯했다. 나는 의아해하면서 근주에게 물었다.

"웬 임신 테스트기가 이렇게 많아?"

"운동을 열심히 하고, 다이어트도 잘하고 있는데, 몸무게가 줄지 않아. 게다가 오늘은 몸무게가 늘었어."

"그래서?"

나는 또 그 '혹시나' 때문에 희망을 걸다 실망했을 근주에게 이렇게 되물었다.

"그래서, 집에 있던 임신 테스트기를 써 봤지."

나는 또 실망했을 근주를 위로해야겠다는 생각을 했다. 그건 수없이 겪었던 일이었으니까.

"그런데" 근주가 계속 말을 이어갔다. "결과가 포지티브(positive) 더라고."

"뭐? 포지티브?"

믿을 수가 없었다. 임신 테스트기가 거짓 양성 결과를 거의 내지 않는다는 것을 알고 있었지만, 산 지 오래되어 정확도가 떨어질 수도 있겠다는 생각도 들었다.

"오래된 거라⋯⋯."

근주는 내 말을 끊으며 이렇게 말했다.

"나도 그런 생각을 했지. 그래서 낮에 나가서 임신 테스트기를 더 사 왔어. 모두 다 포지티브야."

그랬다. 그렇게 오래 노력해도 생기지 않던 아기가 아무 치료 없이 우리 곁에 온 것이었다. 6주 동안의 입덧을 포함해 근주의 임신은 아주 순조로웠다. 그렇게 자주 앓던 편두통에도 한 번 시달리지 않고 근주는 2005년 4월에 첫아기를 낳았다. 산모의 나이가 많아 걱정됐지만, 근주가 원한 대로 자연분만으로 순산했다. 이 기적적인 아기에게 우리는 데이비드 패트릭이란 이름을 지어 주었고, 한국에 있는 할아버지는 정택이란 이름을 지어 주었다.

천국을 믿는 사람들은 막연하게 천국은 참 좋은 곳이라고 생각한다. 우리도 그렇게 아기를 원했을 때는 아기만 있으면 너무 행복할 것이라 생각했다. 하지만 아기가 우리 곁에 오고, 삶에 큰 변화가 생기면서, 우리 부부는 이렇게 생각했다. 우리가 생각한 것보다 훨씬 더 큰 행복, 상상할 수 없었던 기쁨이 아기를 키움으로써 우리의 마음, 영혼 그리고 삶을 가득 채우고 있다고. 막연하게 좋을 거라고 믿고 있는 천국이 우리의 상상을 초월하는, 아주 차원이 다른 곳일 수도 있는 것처럼, 실제로 아기를 같이 사랑하며 키우는 삶은 우리가 막연히 상상만 해왔던 아기를 낳고 키우는 삶과는 비교할 수 없는 그런 놀라운 것이었다.

사랑은 둘이 하는 거라고 많은 사람이 믿는다. 그래서 연애도 둘이 하고, 결혼도 둘이 한다. 하지만 우리는 참사랑, 정말 찐하게 사랑하려면 적어도 셋이 필요하다고 믿는다. 둘의 사랑에서 비롯된 아이, 혹은 아이들을 같이 사랑하며 키울 때야말로, 사랑에서 비롯되는 기쁨, 아픔, 즐거움, 슬픔을 다 맛볼 수 있으니까.

13
재난 속에서도
사랑하는 이들과 함께라면

— 9·11 한가운데에서

9월 첫째 월요일은 미국의 노동절로 그날을 기점으로 많은 것들이 다시 시작된다. 휴가를 많이 가는 여름철을 뒤로 하고 월가는 다시 바빠지고, 새 학년이 시작된 학교에는 새로 입학하는 아이들이 많아진다.

2001년 노동절은 9월 3일이었다. 그해는 노동절이 좀 일찍 찾아와서 그런지, 11일은 일이 바빠진 지 벌써 일주일쯤 지나던 날이었다. 당시 나는 리버데일이라는 월가에서 꽤 먼 뉴욕 동네에 살면서 브라운 브라더스 해리먼 주식팀 애널리스트로 일하고 있었다. 일찍 일을 시작하는 내가 먼저 출근했고, 당시 뉴욕 미드타운에서 일하던 아내 그레이스는 출근 시간인 9시에 맞춰 늦게 집을 나섰다. 그렇게 그날도 평소와 다를 바 없는 하루가 시작되는가 싶었다.

마른하늘에 비행기가 떨어지다

2001년 당시 내가 속했던 주식 팀은 매일 아침 8시 45분에 브리핑을 시작했다. 9시 반 주식 시장 오픈을 앞두고, 애널리스트들이 펀드 매니저들에게 지난 24시간 동안 쏟아져 나온 뉴스에 대한 반응이나 새로 사기로 한 주식에 대한 설명 등을 하는 시간이었다. 그래서 그날도 나는 7시 반쯤에 회사에 도착했고, 브리핑을 하기 위해서 뉴스와 월가 브로커들의 아침 보고서 등을 읽고 검토하기 시작했다. 당시 나는 전화통신 분야를 책임지고 있었는데, 그날은 우리가 소유하고 있던 한 무선통신 회사에 대한 뉴스 아이템을 토대로 브리핑에서 한마디 해야겠다는 생각으로 준비를 하고 있었다.

항상 그랬듯이 8시 45분 정각에 브리핑이 시작되었고, 내가 1번 타자로 마이크를 잡았다. 미국 전역 여러 도시에 있는 브라운 브라더스 해리먼의 회의실이 연결되었다. 직접 참가하지 못한 사람들이 나중에 들을 수 있도록 텔레콘퍼런스 시스템이 내가 하는 말을 녹음하기 시작했다. 별 탈 없이 발표가 끝나고 다음 동료에게 마이크를 넘겨주었다. 그런데 이상하게도 밖에서 사이렌 소리가 시끄럽게 울리기 시작했다. 뉴욕에서 사이렌 소리를 듣는 일이 드물지는 않아서 크게 신경 쓰지는 않았다. 하지만 사이렌을 울리며 이동하는 차량이 더 많아지는 것 같았고, 나는 근처 어디서 불이 났나 하고 생각했다.

브리핑을 시작한 지 약 15분 후, 한 여직원이 브리핑실로 들어오더니, 비행기 한 대가 세계무역센터를 들이받았다는 소식을 전해 주었다. 그래서 뉴욕 증시 오픈이 늦어진다고, 그리고 가족과 연락하고 싶은 사람들은 전화하는 게 어떻겠냐고 말했다. 세계무역센터는 우리 팀 사람들이 콘퍼런스 참석이나 투자 회사와의 회의차 자주 가던 곳으로, 회사에서 네 블록밖에 떨어져 있지 않은 곳에 있었다. 혹시 가족들이 걱정할 수 있으니 연락을 해 보라고 했는데, 사실 이때만 해도 우리는 별일이 아닐 거라고 여기고 있었다. 예전에 소형 비행기가 엠파이어스테이트 빌딩을 들이받았던 사건을 떠올리면서 또 비슷한 일이 생겼겠지 하고 쉽게 생각했던 것이다. 그렇게 우리는 브리핑을 끝내고 각자의 사무실로 돌아갔다.

나는 내 사무실 문을 닫고 책상 앞에 앉았다. 주가, 주식회사 정보, 뉴스 등을 볼 수 있는 프로그램 ILX를 실행하고, 메시지를 확인하기 위해 전화 버튼을 눌렀다. 그런데 한국에 있는 엄마의 걱정스러운 목소리가 전화 스피커를 통해 들려왔다. TV 드라마를 보던 중에 뉴욕에서 일어난 사건이 속보로 전해졌다고 하면서, 걱정되니 연락을 하라는 것이었다.

ILX에는 뉴스 헤드라인이 계속 지나가고 있었다. 소형 비행기가 아니라 점보 여객기가 무역센터 북쪽 타워를 들이받은 후 얼마 되지 않아, 또 다른 여객기가 남쪽 타워를 들이받았다는 소식이 전해졌다. 그때야 우리는 이 상황이 보통 일이 아니라는 것을 깨달았다. 연락되지 않는 비행기가 열 몇 대나 된다는 소식과 큰 도시의 높은 빌딩에 있는 사람들은 될 수 있으면 창가에서 멀리 떨어져 있으라는 경고에 우리는 더욱더 불안해졌다. 정부가 모든 비행 편을 취소했고, 현재 날고 있는 비행기들 역시 스케줄대로 착륙한 후에는 다시 떠나지 못하도록 지시했다는 뉴스도 접했다. 나와 동료들은 빌딩 중심에 있는 런치 룸(lunch room)에 모여 TV를 통해 근처에서 일어나고 있는 사건을 지켜보았다. 워싱턴에 있는 미국 국방성 펜타곤에도 여객기가 추락했다는 소식이 전해지자 우리 중에는 전쟁이 시작된 것은 아닌가 걱정하는 사람도 있었다.

아내를 찾아가는 먼 길

나는 문득 녹음된 아침 브리핑에서 비행기와 빌딩이 충돌하는 소리가 들릴지도 모른다는 생각이 들었다. 곧바로 녹음을 재생시켜 들어 봤는데, 내가 발표하는 도중에 쿵 하는 소리가 백그라운드 잡음처럼 들렸다. 시간을 보니 이것이 바로 첫 비행기가 세계무역센터 북쪽 타워를 들이받는 소리였다.

또 TV 스크린을 볼 수 없는 내가 그때 경험했던 것 중 적어도 다음 두 가지는 아흔아홉 살까지 산다 해도 생생하게 기억할 수 있을 것 같다. 10시쯤 남쪽 타워가 무너진 순간 내 귀를 아프게 했던 우리 직원들의 비명, 그것은 소름 끼치는 소리가 아닐 수 없었다. 그리고 뭐라 표현하기 어려운 생각하기도 싫은 그 냄새, 근처 대형 빌딩이 무너지면서 내 코를 자극했던 그 냄새, 몇 달 동안 맨해튼 남쪽에서 떠나지 않았던 그 냄새를 나는 잊을 수가 없다. 그 냄새가 무엇을 뜻하는지에 대해서는 상상하기도 싫다. 항상 지하철을 타고 월가로 출퇴근하던 나는 이 사건 후 몇 달 동안 지하철 방송을 듣거나 정류장 수를 세지 않아도 되었다. 그 냄새가 심하게 나는 곳에서 내리면 되었으니까.

회사에서는 될 수 있으면 동료들과 같이 빌딩 중심에 있으라고 제안하더니, 11시쯤에는 빌딩을 떠나 월가 지역을 벗어나라고 지시했다. 우리 팀 동료들은 완전히 달라진 뉴욕 스카이라인을 인식하면서 빌딩을 떠났다. 지하철은 물론, 교통수단이 아무것도 없는 상황이어서 우리가 할 수 있는 것은 하나뿐이었다. 맨해튼에 제일 남쪽에 있는 큰 거리인 워터 스트리트를 걸어서 북쪽으로 가기 시작했다. 나와 제일 친했던 동료이자 친구 폴 앳킨슨은 키가 하도 커서 다들 '톨(Tall) 폴'이라고 불렀는데, 나는 그저 그의 오른팔을 잡고 걷기 시작했다. 전쟁터를 떠나 피난 가는 사람들처럼 우리는 제일 위험한 곳을 피해서 걸을 수밖에 없었다. 북쪽으로 걷는 사람들은 아주 많아서 빨리 이동할 수도 없었다.

그런데 이 피난길에는 생각지 못했던 친절이 우리를 기다리고 있었다. 두 대형 빌딩이 파괴되면서 쏟아져 나온 먼지로 우리 몸과 옷 그리고 구두 등은 금방 하얗게 되었고, 이를 예상한 우리 직원 하나가 회사에 보관해 두었던 브라운 브라더스 해리먼 티셔츠를 찢어 마스크를 만들어 사람들에게 나눠 주었다. 또 우리가 걸어가는 길에 여러 가게 사람들이 나와 찬물과 간식을 나눠 주었고, 필요한 사람들에게는 자기 가게에 들어와 화장실도 쓰고 좀 쉬었다가 가라는 말까지 해 주었다.

전화 통신망이 끊어진 상태라 한국에 있는 엄마에게도 연락을 드릴 수 없었다. 아내와도 통화하지 못한 터라, 나는 우선 그레이스가 일하고 있는 32가와 브로드웨이까지라도 빨리 가야겠다는 생각만 했다. 만일 비슷한 공격이 계속된다면, 그래서 우리 둘 다 2001년 9월 12일을 볼 수 없을지라도 함께는 있어야겠다는 생각이 들었다. 아기가 없어서 힘들었던 일과 전해에 장모님이 환갑도 되기 전에 돌아가신 일을 제외하면, 5년 반 동안 행복한 결혼 생활을 해왔는데……. 언젠가 아내와 이런 말을 주고받은 적이 있다. 부부가 같은 날 하늘나라로 가는 것도 큰 축복이겠다고. 세계무역센터 북쪽 타워 107층에 있던 '윈도즈 온 더 월드(Windows on the World)'라는 식당은, 내가 자주 그것도 특히 아침 회의를 하러 갔던 곳이었고, 그날 아침에 그곳에 있었던 사람들은 다 죽었기 때문에 아찔하지 않을 수 없었다.

　1시가 넘어 나는 아내의 사무실에 도착했다. 두 시간이 넘게 나와 같이 걸어 주었던 톨 폴에게 고맙다는 말을 건네고, 갈 길이 더 먼 동료들을 격려하면서 나는 그레이스의 사무실에 들어섰다. 나를 보면 뛰어나와 반길 줄 알았던 아내는 무뚝뚝한 말투로 "왔어? 거기 소파에 좀 앉아 있어."라고 할 뿐이었다. 나중에 안 것이지만, 그레이스는 아침 내내 정신없이 바쁘게 일하느라, 흰 먼지로 덮인 내 구두를 보기 전까지는 얼마나 큰일이 일어났는지 알지 못했다고 한다. 아내는 한번 집중하기 시작하면 주위에서 무슨 일이 일어나도 모르는 사람이라, 아 그럴 수도 있겠구나 하고 이해하고 넘어가기까지는, 독자들이 상상하듯이, 좀 시간이 걸렸다.

가족, 우리가 계속 살아가야 하는 이유

　그날 저녁 6시쯤, 나와 그레이스는 뉴욕 시에서 제일 북쪽에 있는 리버데일에 도착했다. 보통 같으면 지하철로 45분쯤 되는 퇴근길을, 4시간이 넘도록 지하철과 버스를 타고 또 많이 걸어서 우리가 살던 스카이뷰 아파트로 돌아온 것이다. 언덕 위에 있는 이 고층 아파트에서는 뉴욕 야경이 잘 보였다. 영원히 변해 버린 이 야경을 볼 때면, 즉 나란히 있던 쌍둥이 빌딩이 없어진 뉴욕 야경을 볼 때면 나는 희생된 몇 천 명의 사람들이 생각날 것만 같았다. 하지만 진실은 더 잔인하다는 것을 나는 잘 알고 있었다. 한동안 그런 생각에 몰두하겠지만, 언제부턴가는 그마저 하지 않게 될 기라는 걸. 날로 희미해지는 기억 속에서 그날 의미 없이 죽어간 사람들의 존재가 잊힐 거란 것을 예감할 수 있었다. 그들보다 나을 것 하나 없는 나는 살고, 그들은 죽어 갔다는 안타까운 마음도 들었다.

집으로 돌아와 보니 한국에 있는 가족들, 미국 전역에 사는 나의 미국 가족들, 그리고 여리 군데에 흩어져 있는 친구들로부터 이메일이 와 있었다. 잘 있느냐고, 걱정된다고, 빨리 연락해 달라고⋯⋯. 나는 그들에게 이메일로 그날의 경험을 얘기해 주었다. 나와 동료들은 탈 없이 월가를 벗어났고, 그레이스와 함께 무사히 집에 들어왔다고. 그리고 이메일을 받을 그들에게 기도를 부탁했다. 사랑하는 이들을 잃은 사람들을 위해서, 또 아직도 두려워하고 있는 사람들을 위해서.

역사가 잊지 않을 이 테러 사건을 가까운 곳에서 경험하면서 나는 많은 것을 느꼈다. 전쟁터 같았던 월가 지역을 벗어날 수 있을까 하는 두려움, 내가 남기고 가야만 할지도 모르는 아내와 부모님에 대한 걱정, 무척 사랑했던 아내와 작별해야 할지도 모르는 상황에 대한 안타까움 등등. 이것들은 실제로 일어날 수 있었던 일들에 대한 염려였다.

이러한 염려보다 나의 마음속에 더 오랫동안 남은 것은 바로 내 삶 속에 있는 사람들의 소중함이었다. 생명의 위협이 현실로 다가왔을 때 내 머릿속에 떠오르는 사람들이 있었다. 그들이 나를 걱정하고 있다는 사실은 나에게 큰 위로가 되었다. 더 나아가 먼 거리를 열심히 걸어서 재난 지역을 빠져나온 것처럼 할 수 있는 것을 다해 꼭 살아남아야겠다는 용기를 가져다주었다. 사랑하고 존경하고 염려해 주는 이들이 있는 한, 그 어떤 위험에도 굴복하면 안 되겠다고, 그렇게 다짐한 하루였다.

"사랑은 선택이다."

대학 시절, 내가 다니던 보스턴 장로교회에서 대학부를 맡고 있던 한 어른은 우리에게 "사랑은 선택이다."라는 말을 해 주었다. 공부도 중요하지만 배우자를 찾는 것도 중요하다고 강조하면서 가르쳐 준 소중한 지혜였다. 내가 선택한 사람, 내가 사랑하기로 선택한 사람을 감정이나 애정에 의해서가 아니라, 나의 선택을 토대로 사랑하는 것이 참사랑이란 그 말. 그러니까 배우자가 될 사람을 사랑하는 것이 나의 선택이듯이, 그 사랑을 죽을 때까지 계속하는 것도 결국 나에게 달렸다는 얘기였다.

처음에 사랑을 느끼고 꼭 이 사람이 아니면 안 되겠다는 생각이 들 때는, 그녀와 평생 같이하고 싶다는 생각뿐일 것이다. 그런데 결혼하고 같이 살기 시작하면, 언젠가는 그녀에게서 마음에 들지 않는 점이 보이기 시작할 것이고, 그녀역시 나에게서 마음에 들지 않는 점들을 많이 발견하게 될 것이다. 그리고 사람은 변하기도 한다. 아주 심한 변화는 어쩔 수 없겠지만, 어느 정도의 변화는 받아들여야 하는 게 배우자로서의 책임인 듯 싶다. 또 부부 당사자와는 상관없는 외부 환경이나 제삼자들로 인해 결혼 생활이 힘들어지기도 한다.

문제가 무엇이 됐든, 내가 선택한 사람을 계속 사랑하는 것은 결국 나에게 달렸다. 나는 "사랑은 선택이다."라는 이 지혜의 말을 마음속에 간직한 채 배우자가 될 사람을 찾았다. 아주 오랫동안.

"명성을 쌓는 데에는 20년이 걸리지만,

그것을 망치는 데에는 5분이 걸린다.

이것을 기억한다면, 너는 일을 달리 할 것이다."

—워런 버핏(버크셔 해서웨이 회장)

소중한 것
넷

일

20년 넘게 케인을 짚고 출퇴근한 뉴욕 월스트리트에서.

"주말이 지나고 월요일 아침이 왔을 때
왜 이리 주말이 짧은 걸까 생각하면서 발걸음이 무겁기만 하다면
지금 하는 일이 나와 맞지 않는 일일 수도 있다.
반면 사무실에서 일하기를 좋아하는 자신을 발견한다면
나와 맞는 직업을 선택했다고 할 수도 있을 것이다."

14

일을 통해
사랑을 이루어야 합니다

— **직업의 의미에 대하여**

대드는 비행기 조종사였다. 60세에 정년퇴직을 해서 보잉 747기
조종실을 떠난 지 벌써 25년이 되었다. 유나이티드 항공사에서 평
생 일했는데, 60세가 되던 1990년 5월 어느 날이 마지막 비행이었
다. 대드는 도쿄 나리타 공항발 뉴어크 뉴저지 공항행 논스톱 편으
로 37년의 커리어를 마쳤다.

지금은 어떤지 모르겠지만, 그때는 조종사의 마지막 비행을 축하
하기 위해 그의 배우자에게 일등석을 내어 주고, 비행을 끝낸 공항
에서는 항공사 직원들이 조촐한 파티를 열어 주었다. 파티에는 원
래 퇴직하는 조종사의 가족과 친구들 그리고 동료들이 초청되는데,
집을 떠난 자식 중 대드의 퇴직 파티에 참가할 수 있는 사람은 한

명도 없었다. 그래서 우리는 모두 사과 편지를 보냈다. 대학교 3학년이었던 나는 학기말 고사 준비로 바빠서 못 간다고 전했고, 시카고를 비롯해 플로리다, 메인 그리고 캘리포니아에서 각각 살고 있던 형들과 쌍둥이 누나들 역시 바빠서 못 간다는 유감의 소식을, 마지막 비행 스케줄을 앞둔 대드에게 전했다. 대드 몰래 맘과 함께 최고의 깜짝 파티를 준비하면서 말이다.

자식 다섯, 며느리 둘, 사위 하나, 손주 셋까지 모든 가족이 공항에 모였다. 대드의 비행편이 도착했을 때 만 다섯 살이 채 안 된 손녀, 큰형 데이비드의 딸인 엘리자베스가 꽃다발을 들고 관세검문소 앞에 섰다. 운항 승무원들이 여객 손님들보다 더 빨리 입국 수속을 하고 나오는 경우가 있어서 아이를 앞세워 놓고 기다렸다. 오랫동안 해 왔던 일을 마치고 퇴직이라는 현실로 걸어 들어오면서 대드가 얼마나 서운해했을지는 모르겠다. 하지만 마지막 비행을 축하하며 어린 손녀가 건넨 꽃다발만으로도 그날 대드의 기분은 그가 몰고 왔던 747기보다 더 높게 하늘을 날고 있지 않았을까.

단지 직업일 뿐(Just a job)

이 깜짝 파티는 그저 한 가장의 퇴직을 축하해 주는 의미 외에 더 특별한 이유가 있었다. 지금은 65세로 높아졌지만, 1990년 당시에는 미연방항공국 규정상 60세가 되면 여객기 조종사들은 퇴직을 해야 했다. 비행기 조종사 중에는 다른 직업군보다 더 유난히 일에 애착을 버리지 못하는 사람들이 많았다. 그래서 60세 강제 퇴직을 당한 조종사 중에는 지금은 없어진 직업, 플라이트 엔지니어로 다시 조종실에 들어가는 이들도 적지 않았다. 기장 자리를 내어 주고, 따지고 보면 부기장보다 낮은 자리에 앉아서 조종은 하지도 못하고, 다만 비행기 시스템을 책임지는 엔지니어로라도 비행을 계속하는 쪽을 택했다는 것이다. 기장 모자를 벗고 얼마 되지 않아 빠른 속도로 건강이 나빠지는 사람들을 맘은 많이 봤다고 했다. 그래서 우리는 다들 퇴직을 해야만 하는 대드를 걱정하며 기억에 남을 만한 깜짝 파티를 계획했다. 앞으로 대드에게 찾아올 우울증을 조금이나마 막아 봐야겠다는 희망으로.

  그런데 지금 생각해 보면 그건 쓸데없는 걱정이었다. 퇴직 후 대드는 항상 그래 왔듯이, 채소를 재배해 왔던 밭에서 일하고, 양을 키우고, 현지 공립 고등학교 이사회 일과 비영리단체 일을 계속하느라 바쁜 나날을 보냈다. 비영리단체 중 '프로젝트 오르비스'라는 단체는 DC10 비행기 안을 안과 병원으로 개조하여 여러 나라의 의사들에게 최신 안과 수술 기술을 가르치는 일을 했다. 퇴직 전부터 이 단체에서 봉사하고 있었던 대드는 퇴직 후에도 1년에 몇 번씩 이 날아다니는 안과 병원을 몰고 전 세계 많은 나라를 방문했다. 늘 맘과 함께.

오르비스 비행도 그만둔 후, 언젠가 내가 지나가는 말처럼 대드에게 물었다.

"Miss flying(비행기 조종이 그립지 않아요)?"

대드는 전혀 망설임 없이, "노(No)."라고 답했다. 그리고 나에게 일의 참 의미가 무엇인지 가르쳐 주었다. 대드는 1950년대부터 90년대 초까지 비행기 조종을 했다. 이 시기는 민간 항공의 황금시대라고 해도 과언이 아니었다고 한다. 비행기 여행이 보편화되기 시작하면서, 비행기를 한 번도 못 타 본 사람들이 점점 줄어 갔고, 비즈니스상 비행기를 자주 이용해야 하는 직업까지 생기는 시대였다. 많은 이들이 그 시대의 운항 승무원들, 특히 기장 모자를 쓴 '캡틴'을 멋지다고 생각했다. 그도 그럴 것이, 매번 몇 백 명의 생명을 책임지고, 사람들이 쉽게 상상하기 힘든 복잡한 원리로 나는 비행기를 직접 조종하면서, 돈도 많이 버는 직업이었기 때문이다.

하지만 대드는 그것이 그저 하나의 직업일 뿐이었다고 자신 있고 간단하게 말해 주었다.

"It was just a job(그건 그저 직업일 뿐이야)."

비행기 운항이 버스 운전과 그리 다르지 않다고 말이다. 다만 좀 더 덩치가 크고 몰기가 복잡한 버스, 그리고 아주 먼 거리를 빠르게 갈 수 있는 버스와 같은 것일 뿐이라고 말했다. 그러면서 시기를 잘 맞춘 덕에 가족에게 편한 삶을 보장하게 해 준 직업이었다고 자신의 커리어를 요약했다. 항공사 직원 가족에게 거의 무료로 주어졌던 '스탠바이 여행 혜택'(비행기 빈자리에 탈 수 있는 혜택) 덕분에, 가족과 함께 전 세계 다양한 곳으로 여행할 수 있었던 것도 다른 직업과 다른 점이었다고 그는 덧붙였다.

한세상 살면서 이것은 꼭 해야겠다는 커다란 야망을 품은 사람도 많다. 불치병 고치는 방법을 찾기 위해 노력을 아끼지 않는 연구자도 있고, 잘못된 정치나 정책으로 인해 현실에서 고통받는 많은 사람을 구하겠다는 정치인이나 지도자도 있다. 좋은 글, 사람의 마음을 움직일 수 있는 글로 많은 이들의 아픈 마음을 만져 주고 싶어 하는 작가도 있고, 자라나는 아이들이 큰일을 할 수 있도록 교육하기 위해 애쓰는 선생님도 있다. 신앙을 세상 끝까지 전하는 데 크게 한몫해야겠다는 선교사도 있고, 누구보다도 돈을 많이 벌겠다는 목적을 이루기 위해 열정을 쏟는 사람도 있다. 그런 사람들이 들으면 시시하다고 생각하겠지만, 대드의 야망은 너무나 간단했다. 아내와 같이 아이들을 키우고, 도움이 필요한 사람들을 볼 때마다 그들을 돕는 것이었으니까. 비행기 조종은 그런 삶을 잘 꾸려 나가는 데 필요한 돈을 그가 즐기는 일을 통해서 벌 수 있도록 해 준 직업일 뿐이었다.

더 큰일, 예를 들어 항공사를 운영하는 일을 해 보겠다는 생각을 한 적은 없느냐는 내 질문에 대드는 모든 일이 그렇듯이 직업도 사랑이라고 말해 주었다. 사랑에는 순서가 있어서, 제일 사랑하는 것을 위해 그다음 사랑하는 것에 대한 결정을 해야 한다고 말이다. 그가 사랑한 것은 아내와 아이들이었고, 또 그와 아내의 노력으로 도울 수 있는 이들(하나님이 그들에게 보내 주는 사람들)이었다고 했다. 큰 비행기를 몰고 하늘을 나는 일을 그가 몇 번째로 사랑했는지는 잘 모르겠지만, 그 리스트 위쪽에 있지는 않았던 것 같다. 다만 그 것은 최고의 사랑을 실천하는 데 꼭 필요한 수단이었을 뿐이었다.

직업으로 사랑을 실천하는 법을 배웠네

한동안 나도 세상에 이름을 크게 날리며 살기를 꿈꾸었다. 피아노를 좀 칠 수 있게 되자 세계적인 피아니스트가 되리라 결심했고, 네 군데의 일류 대학에 합격했을 때는 한국인으로서는 처음으로 노벨상을 타겠노라고 다짐했다. 대학을 다닐 때는 시각장애인으로서는 되기 힘든 의사가 되겠다는 계획을 세웠고, 의사의 길이 막히자 일류 대학교수가 되겠다면서 진로를 바꿔 보기도 했다.

누군가 이런 말을 했다고 한다. 작가가 되겠다고 하는 사람보다 글쓰기를 좋아하는 사람이 작가가 될 가능성이 더 크다고. 이와 반대로 나는 피아노 연주를 좋아하지 않았지만 많은 이들에게 박수갈채를 받기를 꿈꾸었고, 어떤 과목에 몰두하기보다는 노벨상을, 그것도 한국인 최초로 수상하기를 꿈꾸었다. 사람을 돕겠다는 막연한 생각은 갖고 있긴 했지만, 그렇다고 의사가 되겠다고 계획을 세운 것은 내 교만에서 비롯된 일이었다. 눈이 보이지는 않지만, 나는 내가 할 수 있다는 것을 세상에 보여 주고 싶었다. 일류 대학의 교수가 되고자 한 것은 그저 직업이 가져다주는 명성, 존경 따위를 얻기 위한 결정이었다.

월가 애널리스트란 일 역시 관련된 돈의 액수(회사를 사고팔 때의 가격과 수수료, 증권을 사고파는 규모, 많은 이들이 받는 연봉 등) 때문에 멋진 직업이라고 많이들 생각한다. 나 또한 이 일을 즐기고, 같이 일하는 사람들을 좋아하며 존경한다. 투자 은행과 직접 관련되지 않은 자산운용 업무를 하고 있어서, 스트레스가 그렇게 많이 쌓이지도 않는다. 투자 은행 일처럼 보수가 많지 않지만, 우리 가족이 필요한 것과 원하는 것을 어느 정도까지는 보장해 줄 수 있는 직업이다. 굳이 그렇게 하려고 한 것은 아니었지만, 나도 결국 대드처럼, 즐기는 일을 통해서 내가 가장 사랑하는 것들을 이룰 수 있게 된 셈이다.

가족보다 일을 사랑해서 거기에 우선 순위를 두는 이들을 판단할 생각은 없다. 그런 사람이 있어야 세상이 발전하고 불공평도 줄어들 테니까. 그러나 대드가 자신이 선택한 사랑의 순서를 당연하다고 생각했듯이, 나 역시 아내와 공유하는 사랑의 순서를 의심해 본 적은 없다. 온종일 회사에서 일하고 동료들과의 대화를 즐기지만, 회사 건물을 뒤로하고 집을 향해 발걸음을 옮길 때만큼 가슴이 벅차지는 않다. "고잉 홈(Going home)."을 중얼거리며, 두 팔 벌리고 나를 반겨 줄 아내와 아이들을 생각한다. 집에 도착해서 아이들과 아내를 껴안을 때면, 온종일 있었던 힘든 일들이 레몬 사탕처럼 녹아 버리는 느낌이 든다.

회사가 발행하는 주식과 채권을 오래 분석하다 보면 알게 되는 사실이 하나 있다. 정확한 통계를 본 적은 없지만, 잘 나가는 회사의 임원이나 스타 직원 중에는 독신이거나 이혼한 사람들이 유독 많다는 것이다. 이를 뒤집어 생각한다면, 기업에서 큰 사람이 되기 위해서는 가족의 행복을 위태롭게 해야 할지도 모른다는 결론을 얻을 수 있다. 돈이나 권력도 좋지만, 가족보다 중요할 수는 없다고 나는 믿는다. 그래서 나에게는 일이, 내 직업이 지극히 가족을 위해 존재한다. 죽음을 앞두고 차라리 나는 "사무실에서 더 시간을 보냈어야 하는데."라고 하면서 후회하고 싶다. 그 말은 역설적으로 더 중요한 것에, 사랑하는 이들을 위해 많은 시간을 보내려고 노력했다는 말도 될 테니까.

15
이상과 현실 사이 어디쯤
당신의 직업이 있다면,
그래도 다행입니다

— 만족스러운 직업을 찾는 이상적 기준과 현실 사이의 괴리감

2013년 봄, 내가 다니던 교회 청년부에서 멘토스 테이블(Mentor's Table)이라는 행사를 열었다. 대학 졸업을 앞두었거나 대학원에서 공부하고 있거나 벌써 일을 시작한 교우들을 초대해 다양한 직업군의 사람들과 만나게 해 주는 자리였다. 19년 가까이 금융 분야에서 일해 온 나도 거기에 참석하여 직업, 진로 때문에 고민하는 여러 젊은 친구들과 시간을 보낼 수 있었다.

그 모임에서 기억에 남는 대화는 유난히 목소리에 힘이 있는 한 사람(이름을 제이미라고 하자.)이 나에게 던진 질문에서 비롯됐다. 제이미는 졸업 후, 미국에서도 알아준다는 큰 컨설팅 회사에 취직한 젊은 여성이었다. 의뢰에 따라 고객 회사를 감사하는 일을 한다

는 그녀가 나에게 이런 질문을 던졌다. 지금 하는 일이 자기에게 맞는 일인지를 어떻게 아느냐고.

그 질문을 듣는 순간, 나는 문득 투자로 돈을 많이 번 사람 중에서도 으뜸으로 꼽히는 버크셔 해서웨이의 회장 워런 버핏의 말이 떠올랐다. 그는 언젠가 자신의 일 습관에 대해 물어보는 이들에게 이렇게 말했다고 한다. 탭 댄스를 추고 싶은 마음으로 매일 아침 사무실에 간다고. 자신의 일을 많이 즐기고 있음을 표현한 말이었다.

나는 버핏의 말을 응용해서 제이미의 질문에 답해 주었다. 주말이 지나고 월요일 아침이 왔을 때 어떤 마음으로 직장으로 향하는지 보면, 지금 하는 일과 자신이 얼마나 잘 맞는지 알 수 있다고. 왜이리 주말이 짧은 걸까 생각하면서 발걸음이 무겁기만 하다면, 지금 하는 일이 나와 맞지 않는 일일 수도 있다. 반면 탭 댄스까지는 아니더라도, 월요일 아침을 싫어하지 않고 사무실에서 일하기를 좋아하는 자신을 발견한다면, 나에게 맞는 직업을 선택한 것이라 할 수 있다고 말해 주었다.

만족스러운 직업을 찾는 이상적인 기준

요즘은 여러모로 직장을 구하기 어려운 시대다. 한국에서나 미국에서나 학교를 갓 졸업한 사람들이 직장을 구하기가 쉽지 않게 되었다. 내가 대학을 다닐 때만 해도, 무엇을 공부하면, 예를 들어 컴퓨터를 전공하거나 변호사 자격증을 따면 평생 잘 먹고 잘 살 수 있다고들 했다. 하지만 이제는 그렇지 않다. 변화의 속도는 점점 빨라지고, 사람이 직접 손수 해야 할 일들이 날로 줄어드는 세상이 왔다. 사람이 꼭 해야 할 일을 잘, 그리고 빨리할 수 있어야 하고, 변화의 흐름을 읽어 나의 스킬 역시 계속 성장시켜 가야만 살아남을 수 있다. 그것이 21세기 경제 개발 국가에 사는 우리에게 주어진 현실이다.

이런 현실 앞에서, 나에게 꼭 알맞은 일을 찾는다는 것이 어떤 이들에게는 우습게 느껴질 수도 있겠다. 배부른 말이라고 할 사람도 있을 듯하다. 하지만 내가 생각하기에는 세상이 이렇게 변했고, 또 변하고 있으므로, 오히려 더 많은 사람이 그들 자신에게 알맞은 일을 찾아야 한다고 본다. 자기에게 맞는 일을 하는 사람이야말로 일을 더욱 즐기고, 더 열심히 잘하면서, 커리어를 발전시키는 데 필요한 노력을 쏟을 것 같지 않은가?

그렇다면 나에게 맞는 일이란 무엇인지 더욱 섬세하게 정의해야 하겠다. 월요일 아침에 출근하기를 좋아한다는 것은, 하는 일을 좋아한다기보다는 식구보다 동료와 함께 있는 시간을 더 좋아한다는 것을 의미할 수도 있을 테니까.

직장 생활을 해 온 지도 벌써 20년이 넘는 나는 일에 대한 만족

도도 대개 높은 편이었다. 나는 학교 다닐 때부터 직업에 관한 만족 기준 네 가지를 세워 놓고 있었다. 이 네 가지 기준에 모두 맞는 직업을 가졌으면 하는 바람에서 언젠가 만들어 본 것이었다.

평생 혹은 아주 오랫동안 할 일이라면 우선 좋아하는 일을 해야 하겠다. 꼭 많은 돈을 벌 수 없다고 해도, 그 일을 선택할 정도로 즐긴다면, 진로를 그쪽으로 결정할 수 있을 듯하다. 만일 이 기준만으로 나의 천직을 골랐다면, 아마도 나는 도서 평론가가 되지 않았을까 싶다. 나는 대학교 때부터 문학을 공부하는 친구들을 부러워했다. 졸업장이 직업으로 연결되지 않을 거라는 조언과 두려움 때문에 감히 전공으로 삼아야겠다는 생각은 하지 못했지만, 항상 좋은 책을 읽으면서 그것이 공부라고 말하는 친구들이 부러웠다. 그러니까 많은 책을 읽고 평론하면서 다른 사람들의 독서 생활을 도울 수 있는 도서 평론가로 진로를 결정했다면, 내가 하는 일을 더욱 즐기지 않았을까 하는 생각이 드는 것이다.

나의 이상적인 직업에 관한 두 번째 기준은 같이 일하는 사람들에 대한 것이었다. 한창 일할 시기인 20대에서 50, 60대까지는 가족들과 같이 있는 시간보다는 동료들과 함께 보내는 시간이 더 많다고들 한다. 그래서 가능하다면 내가 좋아하고 존경하는 사람들이 더 많을 것 같은 분야, 그리고 나를 좋아해 주고 존중해 주는 사람들이 더 많을 법한 분야에서 일할 수 있으면 좋겠다는 생각을 했다. 그때는 대체로 '좋은 일'을 하는 분야에 종사하는 사람들과 내가 잘 맞는다고 생각했다. 예를 들면, 아이들을 가르치는 선생님, 환자의 정신 건강을 회복시켜 주는 상담사나 의사, 아니면 비영리단체에서 활동가로 일하는 것이 이상적이라고 생각했다.

그뿐만 아니라, 학교 캠퍼스로 미래의 신입사원을 모집하러 찾아 오는 회사 중 태반은 월가 투자 은행이나 컨설팅 회사들이었는데, 사실 나는 그런 기업에 입사하려고 쫓아다니는 학생들을 몹시 좋지 않게 생각하는 사람 중 하나였다. 그들의 머릿속은 그들이 곧 살 수 있을 스포츠카의 색깔이나 명품 옷 혹은 가방 따위의 브랜드에 관한 욕망으로 가득 차 있다고 판단했다. 이러한 물질적인 욕망에 반해 인류의 행복과 건강 등을 위해 싸우기로 한 나와 내 친구들은 우리 자신을 자랑스럽게 여겼다.

그 대학 친구 중 몇 년 후 내가 월가로 향할 거라고 생각한 사람은 하나도 없었을 것 같다. 시각장애인이 그런 일을 할 수 있을 거란 생각을 하지 못했다기보다는, 축복과 은혜를 많이 받은 사람은 다른 이들을 돕는 일을 하면서 살아야 한다는 나의 철학을 다들 잘 알고 있었기 때문이다. 나 역시 몇 년 후에 내가 투자 은행에서 일주일에 80시간 이상을 일하고 있을 거란 생각은 하지 못했다. 그런 곳에는 이상적인 직업에 대한 나의 두 번째 기준에 맞는 사람들이 극히 적을 것이라 믿었기 때문이었다.

그다음으로 나에게 중요했던 직업 만족 기준은 돈에 관한 것이었다. 내가 꿈꾸는 미래의 삶을 가능하게 해 줄 정도의 보수를 받고 일하길 원했다. 그때는 내가 원하는 게 지극히 소박하다고 생각했다. 우리 가족의 모든 필요와 얼마간의 욕구를 채워 줄 수 있을 정도의 돈만 벌면 될 거라고 믿었으니까. 필요와 욕구라는 것이 흑과 백처럼 확실히 분리되지 않을 뿐만 아니라 욕구에는 끝이 없다는 사실을 미처 깨닫지 못했을 때였다. 그래서 벌 수 있는 돈 액수의 한계 때문에 내 리스트에서 빼야겠다는 직종이나 분야는 없었던 것 같다.

내가 추구해야겠다고 생각했던 마지막 직업 만족 기준은 일이 가져다주는 의미에 관한 것이었다. 하는 일을 즐기고, 동료와의 관계도 좋고, 받는 보수에 만족하는 것도 중요하지만, 과연 내가 하게 될 일이 어떤 의미가 있을지에 대해서도 고민을 해야 했다. 죽음을 앞둔 많은 사람이 "더 의미 있는 삶을 살았었더라면……" 하는 후회를 한다고 들었다. 삶의 의미라는 측면에서 완전히 만족하는 사람은 없겠지만, 나는 내가 하게 될 일로 도움받는 사람들이 있을 뿐만 아니라, 더욱더 많은 사람이 '좋은 일'을 하게 된다면 더 바랄 게 없을 것 같았다. 그래서 상담사, 의사, 선생, 비영리단체 직원 외에, 사람의 마음을 바꿀 수 있는 글을 쓰는 작가, 정의를 위해 노력하며 자비를 잊지 않는 법관, 힘없는 사람들의 권리를 찾기 위해 애쓰는 변호사 등을 마음에 두고 있었다.

계획대로 되지 않는 것도
하나의 삶이고 현실이니

이런 기준을 세워서 장래 직업을 꿈꾼 지도 어느덧 20년이 넘었
다. 그런데 계획대로 되지 않는 것이 삶이라고나 할까? 다른 이들을
함부로 판단하고 경멸하는 것이 얼마나 위험한지를 보여 주는 실
례라도 되는 양, 나는 결국 월가의 두 군데 회사에서 각각 투자 은
행 업무와 자산 운용 업무를 하는 애널리스트로 진로를 택하게 된
다. 아주 우연하고 자연스럽게 여기까지 오게 되었는데, 아직도 하
는 일을 즐기고 있고, 동료들과의 관계도 좋을 뿐만 아니라 많은 사
람이 상상하는 것보다는 적지만 충분히 만족할 만한 보수를 받으면
서 일하고 있다.

나는 아직도 내가 정한 직업 만족 기준 중 마지막 기준인 '삶의
의미'와 내가 이제껏 해 왔던 일은 거리가 있다는 생각이 든다. 내
가 했던 투자 은행 업무는 자금이 필요한 사람들(회사나 정부 기관)
과 돈을 투자해야만 하는 사람들(돈이 많은 개인이나 가족 그리고 단
체들)을 연결하는 일이었다. 그리고 지금도 하고 있는 자산 운용 업
무는 다른 이들의 돈을 관리해 주는 일이다. 증권 발행사와 투자자
들을 돕는다고 할 수 있겠지만, 더 정확하게 말하면 부자들을 더 부
자로 만들어 주는 일이라 할 수 있다. 마치 외모가 뛰어난 사람들을
위한 성형외과가 그렇게 큰 의미가 없듯이, 내가 해 온 일 역시 그

들에게는 그렇게 큰 의미가 있는 것 같지는 않다.

앞에서 직업 만족에 관한 네 가지 이상적인 기준을 열거하기는 했지만, 실제로 거기에 다 들어맞는 직업을 갖기는 아주 힘들다. 어떤 기준이 더 중요한지는 각자의 가치관에 따라 다를 것 같다. 만일 가족의 풍요로운 삶을 제일 중요하게 생각한다면 보수를 가장 많이 받을 수 있는 직업을 선호할 것이다. 또 넘쳐나는 사명감으로 불공평한 세상을 좀 더 공평하게 만들어 보겠다고 하는 이들은, 의미로 가득 찬 일을 추구할 것 같다.

돌아보면 이 네 가지 직업 만족 기준은 나에게 가장 이상적인 직업을 찾는 데는 큰 도움이 되지 않았지만, 일에 대한 높은 만족감을 유지하는 데는 도움이 되지 않았나 싶다. 왜냐하면 내가 일을 잘하지 못했거나 불경기에 보수가 많이 줄었을 때면, 받는 돈은 줄었어도 아직 하는 일은 재미있고, 동료들과는 같은 배를 탄 사람으로서의 동지애나 우정이 계속된다는 생각에, 만족감이 그리 떨어지지 않았으니까. 좀 다루기 까다로운 동료가 우리 팀에 들어온다든지, 갑자기 돌변한 동료의 태도 때문에 팀워크가 깨지는 상황이 생겨도, 하는 일이 아직 즐겁고, 보수 역시 우리 가족이 먹고 살고 입고 배우고 노는 데에는 큰 영향을 끼치지 않을 정도니, 직업에 대한 불만으로 연결되지는 않았다.

언젠가 이런 말을 친구에게 했더니 그는 이렇게 받아쳤다. 어려운 일을 긍정적인 생각으로 견뎌 낸다는 말을 너무 복잡하게 하는 것 아니냐고. 그의 말이 크게 틀린 것 같지는 않다. 나는 직장 생활을 이 네 가지의 렌즈를 통해서 이해해 왔고, 그것이 나에게 큰 도움을 주었던 것만은 사실이니까. 돈이라는 유일신이 성공의 의미를 장악하고 있는 요즘, 이렇게 일의 의미를 풀어 보는 것도 아주 쓸모없지는 않을 듯하다. 그리고 그렇게 함으로써, 월요일에 사무실로 향하는 우리의 발걸음이 좀 더 가벼워졌으면 하는 게 나의 작은 바람이다.

16

본래 가치를 보아야 합니다

— 애널리스트가 본 투자와 교육의 공통점

언젠가 내가 미국으로 오기 전에, 누군가에게서 이런 말을 들은 적이 있다. 피아노 조율사가 미국에서는 시각장애인들에게 유망한 직업이라고. 피아노가 음을 정확하게 내려면 6개월에 한 번씩은 조율해야 하고, 피아노를 옮긴 후에도 한두 번 해 줘야 하므로 안정된 벌이를 보장한다는 얘기였다. 절대 음감이 없어도, 시각장애인은 청각이 뛰어나고 예민한 음감을 소유하고 있어서, 대개 보는 사람들보다 이 일을 잘할 수 있다는 인식이 일반적으로 깔려 있기에 가능한 얘기였다고 할 수 있다.

그러나 예민한 음감을 갖기는커녕 음치로 소문났던 나는 피아노 조율사는 꿈꾸어 본 적도 없다. 그런데 언젠가 누군가 내게 증권 분석이 과연 어떤 일인지 물어봤을 때 문득 내가 선택한 직업이 피아노 조율과 흡사한 일이란 생각이 들었다. 피아노 건반의 키 하나하나가 정확한 음을 내도록 하는 게 조율사의 일이다. 조율사는 절대음감으로든 기계를 사용해서든 정확한 음을 알아야 한다. 이와 비슷하게 증권 분석에서도 증권의 '내재적 가치(Intrinsic Value)', 즉 본래 가치를 알아내는 일이 우선되어야 한다. 불행하게도 증권 분석을 도울 수 있는 '절대 가치감' 같은 것은 존재하지 않으므로, 증권의 본래 가치는 분석과 계산에 따라 찾아내야 한다. 또 음처럼 정확한 진동수(예를 들어 4옥타브의 A음은 440헤르츠)가 있는 것은 아니지만, 그리 어렵지 않은 계산을 통해서 증권의 본래 가치에 대한 견적을 얻을 수 있다.

이 말이 맞다면, 왜 많은 사람이 증권으로 돈을 벌지 못할 뿐만 아니라, 오히려 증권에 손을 댔다가 큰돈을 잃는 것일까? 이 질문의 답은 전문가에 따라 다르겠지만, 나는 이렇게 말하고 싶다. 무리를 따라가고 싶다는 본능적인 유혹 때문에, 눈에는 보이지 않지만 분석에 따라 얻어 낸 주식의 본래 가치를 잊었기 때문이라고.

투자자는 기업의 본래 가치를 보아야 한다

주식 투자를 한 후 매일매일 쏟아져 나오는 뉴스를 보면서 안절

부절못하는 사람에게, 나는 언젠가 신문, 인터넷, 라디오 등을 끊으라고까지 말한 적이 있다. 힘들게 번 돈을 투자한다는 행위를 하기 위해서는 적어도 매입한 증권의 가치에 대한 자신이 있어야 한다. 증권발행회사에 대한 정보에 눈을 완전히 감는 것은 바보 같은 일이겠지만, 정보 대홍수를 당연하게 여기며 사는 현대인에게는, 어떤 정보가 증권의 근본적인 가치를 올리거나 내릴 만한 것이고, 또 무엇이 한 귀로 듣고 다른 귀로 흘려보내야 하는 정보인지를 구별하는 능력은 참 중요하다. 결국 가치에 상관없는 일로 증권 매매 값이 오르고 내리는 현상도 무시할 수 있어야 증권 투자에 성공할 수 있다. 남이 뭐라 해도, 즉 파는 사람이 많아서 10,000원 주고 산 주식이 8,000원으로 떨어져도, 본인이 분석 계산해서 얻은 본래 가치 견적 20,000원을 계속 고집하면서, 8,000원으로 거래되고 있는 20,000원짜리 주식을 더 사려고 노력할 수 있는 사람이 투자로 성공할 수 있다.

어떻게 보면 증권 분석은 그렇게 복잡한 일이 아니다. 사업 분야에 따른 전문적인 지식과 안목, 회계 정보를 해독하는 능력 그리고 캐시플로우(cash flow), 즉 현금의 흐름을 토대로 해서 계산하는 본래 가치 모델에 대한 이해가 필요한 것은 사실이다. 하지만 그보다 더 중요한 것은 투자라는 행위가 무엇을 의미하는지를 항상 기억하고, 그것에 충실하려는 태도다.

주식은 한 회사의 소유권을 의미한다. 즉 주식이라는 증권에 투자하는 것이 아니라 한 회사에 투자하는 것이다. 이렇게 보면 시장에 상장된 회사의 주식을 사는 일과 인기 있는 커피숍을 사는 일은 크게 다르지 않다. 커피숍 주인이 그 가게를 소유하듯이, 상장 회사 주주는 그 회사를 소유하게 되는데, 다만 가진 주식 양에 따라 소유 비율이 낮을 수는 있겠다. 그러나 한 회사의 소유자로서 바라는 것은 마찬가지가 아니겠는가? 소유하고 있는 회사가 하는 일을 잘해서, 고객이 늘고, 상품이나 서비스의 가격 역시 올라가고, 다른 경쟁사들이 따라잡으려고 해도 그것이 쉽지 않고, 경쟁사보다 상품이나 서비스 개발이 앞서가고 뛰어나서 언젠가는 그 분야의 최고가 되는 것 등등……. 이러한 비교가 투자에서 무엇을 의미하는지 더 자세히 설명하고 싶다. 여기에는 적어도 다음 세 가지 의미가 있다.

첫째, 투자자라면 주식 소유 기간이 비교적 길어야 한다고 생각한다. 커피숍을 며칠 소유하고 있다가 팔아넘겨야겠다는 생각으로 가게를 사는 사람은 드물 것이다. 그래서 주식에 투자할 때는 짧으면 5년, 이상적으로는 10년 정도는 묶어 놓을 수 있는 돈으로 해야 한다.

둘째, 어떤 이유로 주식을 매각할 것인지를 확실히 알고 여기에 충실해야 한다. 우리 회사 투자 전문가들은 증권을 대개 두 가지 이유로 판다. 본래 가치에 가까워졌거나 더 비싸게 시장에서 매매될 때, 그리고 투자 회사에 대한 우리의 근본적인 이해를 크게 변화시킬 수 있는 일이 생겼을 때다. 주식이 너무 비싸다고 판단될 때 파는 것은 누구나 이해할 것이다. 그런데 회사에 대한 이해를 변화시키는 일이 생겼을 때 판다는 것은 무엇을 의미하는가. 이는 우리가 투자 대상 회사 리스트를 만들 때 사용한 기준들, 즉 원하는 회사의 특징이 바뀔 때 판다는 것을 의미한다. 예를 들어, 경영진의 정직성을 의심할 수 있는 사건이 일어난다면, 그 회사의 주식 매각을 망설이지 않는다. 그러나 그 외에 다른 이유로 주식을 파는 일은 드물다. 시장지수가 내려갔다고, 금리가 올라갔다고, 환율이 어떻게 되었다고, 누가 대통령에 당선되었다고 등등의 이유로 팔 주식이라면, 아예 처음부터 사지도 않는 것이 좋다. 이것은 커피숍을 산 사람이 비슷한 이유로 가게를 팔지 않는 것과 마찬가지다.

셋째, 분석할 때 다른 사람들의 말은 들어야 하지만, 그렇다고 그들의 판단에 따라 투자를 결정해서는 안 된다. 그 사업 분야 전문가의 가르침, 회사 대표의 성과, 상황, 계획에 대한 설명, 투자 목표 회사와 경쟁하는 회사 직원들의 말 등에 귀를 기울이는 것은 확실히 도움이 된다. 하지만 다른 사람의 판단을 토대로 증권을 사고파는 것은 위험한 일이 아닐 수 없다. 아무리 전문가라도 그 판단이 항상 옳을 수는 없고, 또 다른 사람이 판단을 바꾸는 것을 항상 우리가 즉시 알 수 없기 때문이다. 결국 증권 본래 가치에 대한 확신을 얻을 수 없는 대상에 투자를 하는 것은 좋은 방법이 아닌 듯싶다.

부모는 아이의 본래 가치를 보아야 한다

증권이나 기업에도 눈에 보이지 않는 가치가 있듯이, 사람에게도 눈에 보이지 않는 가치가 있다. 나에게 중요한 사람들의 가치 역시 상황에 따라 변하는 것처럼 여겨져, 그들의 본래 가치를 잊고 살기가 쉽다.

예를 들어 얼마 전 한 대학 후배의 딸에 대한 포스트를 페이스북에서 봤다. 후배의 딸은 내 아들과 나이가 비슷해서 만나면 같이 잘 노는 아이다. 그런데 이 아이가 씨월드(Sea World)에서, 아주 오르기 어려운 사다리를 오르는 것에 성공하여 커다란 분홍색 코끼리 인형을 탔다는 포스트를 봤을 때, 내 머릿속에는 한 장면이 스쳐 갔다. 그것은 다음에 우리 가족이 씨월드에 갔을 때 같은 사다리 앞에서 일어날 바로 그 장면, 내가 아들에게 거기에 올라가라고 강요하는 장면이었다.

나와 나의 아내가 가진 자식에 대한 생각은 단순하다. 지금 한 아이는 우리가 직접 낳고, 또 다른 한 아이는 다른 방법으로 얻어서 키우고 있지만, 이들은 우리의 자식이기 전에 하나님의 자녀라고 믿는다. 그래서 보내 주신 아이들을 열심히 사랑하며 키우는 데에 초점을 두어야 한다고 생각한다. 특히 아이들이 각각 가진 소질에 따라 그들을 양육하는 것이 중요하다. 아이들을 향한 우리의 희망이나 야망이 아니라, 그들 고유의 소질이나 소망에 따라, 적절한 성장 환경을 만들어 주어야 한다는 것이 나와 나의 아내가 추구하는 부모 된 책임 중 하나다.

그런데 분홍색 코끼리 얘기를 듣자마자 왜 나에게는 아들이 틀림 없이 싫어할 사다리 오르기를 강요해야겠다는 생각이 들었을까? 이 후배에게 특별히 경쟁심을 가진 적도 없는데 말이다. 만약 이 후배의 딸이 코끼리 인형을 상품으로 탔다는 포스트가 아니라, 하버드에 합격했다든가 국제 음악 콩쿠르에서 1등을 했다는 포스트가 페북에 올라온다면 내 머릿속에 또 어떤 장면이 지나갈지 두렵다. 결국 아이들 양육에 대한 내 거창한 생각과는 달리, 아들을 경쟁심을 충족시켜 주는 도구로 생각하는 나 자신을 발견한 것이다.

그렇게 원했던 아기가 10년 전에 태어났을 때는, 가슴이 감사와 환희로 터질 것만 같아서 건강하게 잘 자라 주기만을 소망했었다. 그리고 이 아기의 가치를 명확하게 깨달았다. 하나님께서 우리에게 양육을 맡겨 주신 특별한 하나님의 아들이라고 확신했던 것이다. 왜냐하면 오랫동안의 불임 치료를 포기한 후에 기적적으로 낳게 된 아기였으니까. 어떤 소질을 가진 아이를 우리에게 보내 주셨을까 궁금하기도 했고, 그 소질을 발견하고 잘 개발할 수 있도록, 즉 하나님이 만들어 주신 대로 아이를 잘 키워야겠다고 결심했었다.

그런데 하루하루 생활이라는 현실에서 이 소중한 아이의 참된 가치를 잊을 때가 많다. 열 살 난 아이답지 않게 어리게 행동하여 다른 이들에게 싫은 소리를 들었을 때 야단을 치는 것까지는 괜찮다.

그러나 야단을 치는 이유가 아이를 위한 것이 아니라, 나의 자존심 때문이라는 것을 깨닫게 될 때, 나 자신에게 실망하게 된다. 마찬가지로 아이가 공부에 최선을 다할 수 있도록 열심히 뒷바라지하는 것에는 문제가 없다. 하지만 이것이 내가 못다 이룬 바를 아이가 이루게 하려는 노력일 수도 있고, 아이의 성공을 통해 나의 가치를 높이려는 동기에서 비롯되었을 수도 있다는 생각을 종종 한다.

전혀 그렇지 않은 부모가 어디에 있겠느냐고 반박할 수도 있겠다. 그러나 다른 부모들이 거의 다 그렇게 아이들을 키운다는 이유로, 아이를 향한 나의 부적절한 동기와 야망을 최소한으로 줄이려 하지 않는 것은, 단기 이윤을 추구하는 증권 시장 무리를 따라다니는 것과 크게 다르지 않다는 생각이 든다. 주식이 한 기업의 소유권이라는 사실을 잊을 수가 있듯이, 자식을 키우면서 부모가 꼭 해 줘야 할 일, 즉 그를 혼자 세상을 살아갈 수 있는 어른으로 키워 줘야 하는 막중한 책임을 잊을 수도 있다. 다른 아이와 비교하면서, 혹은 다른 부모에 대한 열등감 때문에, 아니면 계속 지켜야 하는 우월감 때문에 부담을 준다면, 우리 눈에 비치는 아이들의 가치, 또 그들 스스로 갖게 되는 자신에 대한 가치가 떨어질 수밖에 없다.

아이들의 본래 가치를 기억하고, 아이들에게도 스스로 기억하게 해 주려면, 보이지 않는 그 소중한 가치를 계속 상기시켜 주어야겠다. 그 아이들이 최고로 소중한 아들과 딸이란 사실을 말과 행동으로 계속 확인시켜 주고, 그들이 세상에 꼭 필요한 사람으로 클 수 있다고 늘 자신감 있게 말해 주는 것이다. 이렇게 보면 부모라는 직업도 애널리스트처럼, 아이들의 본래 가치를 기억하고, 이것을 항상 고집할 수 있어야 성공할 수 있는 직업이 아닌가 싶다.

17
차이가 장벽이 되어서는
안 됩니다

—친구와 동료

대학 졸업이 얼마 남지 않았을 때쯤 일어난 일이다. 서울맹학교를 같이 다녔던 친구에게(이름을 철수라고 하자.) 놀러 간 적이 있다. 당시 나는 보스턴에 살고 있었고, 철수는 캘리포니아에서 살고 있어서, 옛 친구를 보기 위해서는 비행기로 여섯 시간 가까이 되는 먼 거리를 날아가야 했다. 거기서 철수와 제일 친하다는 친구를 만났다. 그 친구의 이름도 철수라서 두 사람이 가장 친한 친구가 아닐 수 없다고 했다. 그런데 두 사람 다 그들의 우정에 대해서 이런 말을 하는 것이었다. 그들은 제일 가까운 친구이지만 한 가지는 분명히 한다고. 그들 중 한 사람은 눈이 보이지 않는 시각장애인이고 다른 사람은 그렇지 않은 '정안자(正眼者)'라고. 이 말을 듣고, 성질 같아서는 한마디 해 주고 싶었지만, 처음 만난 사람에게 "친구 사이에 그런 선을 긋고서 어떻게 제일 친하다는 말을 할 수 있느냐."고 따질 수도 없고 해서 입을 다물었다. 내 친구도 그 말에 동의하면서 별일이 아니라고 했다. 그래서 그저 그것이 나로서는 이해할 수 없는 것이라 생각하기로 했다.

친구가 되는 데 필요한 것은 무엇일까?

보스턴으로 돌아오는 비행기 안에서 나는 그들의 말을 머릿속에서 떨쳐 버릴 수가 없었다. 시각장애인과 정안자 사이의 우정에 그런 인위적인 선 긋기가 필요할까?

고등학교를 특수 학교가 아닌 일반 학교에서 다녔기 때문에 나에게는 시각장애인 친구들보다는 정안자 친구들이 훨씬 더 많았다. 그들을 떠올리면서 자연스레 이런 질문을 던졌다. 말로 표현하지는 않았지만, 나와 친구들 사이에도 그런 선이 있었나?

매주 토요일이면 교회 고등부 모임에 같이 가기 위해 나를 차로 데리러 오던 데이비드 생각이 났다. 데이비드는 내가 학교 학생회 회장 선거에 출마하고 싶다고 했을 때, 나를 열정적으로 도와 당선되는 데 큰 몫을 했고, 그 자신도 부회장을 맡으며 1년 동안 나와 함께 학생회 일을 하기도 했다.

모든 활동에 나를 끼워 주던 교회 친구들도 떠올랐다. 배구를 할 때면, 팀의 한 자리를 주어 위치 이동을 같이 하고, 서브도 꼭 하게 해 주었던 친구들. 그래서 늘 내 옆에는 나한테 날아오는 공을 잘 받을 만한 실력을 갖춘 친구들이 자리하고 있었다.

또 대학 룸메이트 마이클도 이런 생각을 하는지 궁금했다. 정치 얘기를 할 때면 싸움하듯이 논쟁을 벌이곤 했지만, 평소에는 늘 나를 도와 우편물 읽어 주던 그도 그저 시각장애인 룸메이트를 돕기 위한 일을 한 것일까? 보스턴에 돌아가서 그에게 물어볼까 하는 생각도 들었지만 돌아올 답이 두려워 하지 않기로 했다.

장애인과 비장애인의 친구 관계는 도움이 대개 한쪽으로 쏠린다는 특징 때문에, 비장애인들끼리의 친구 관계와는 다른 면이 있는지도 한번 생각해 봤다. 그런데 이것도 그렇게 설득력 있는 주장은 아닌 듯했다. 아무리 장애가 없는 사람들이라도 각각의 특징이 있고, 친구 사이에서도 모든 것이 항상 공평할 수는 없으니까. 키가 큰 사람과 작은 사람이 친구로 지낸다면, 아무래도 높은 곳에서 뭔가를 꺼내는 일은 키가 큰 사람이 해야 할 것이다. 또 집안이 부유한 아이와 그렇지 못한 아이가 친구가 된다면, 아무래도 부유한 아이가 그의 친구를 위해 쓰는 돈이 그 반대보다 더 많을 수밖에 없지 않을까.

또 내 친구들도 나로부터 도움을 받은 적이 많은 것 같아서, 도움이 한쪽으로 쏠린다는 이유로 장애인과 비장애인이 진정한 친구가 될 수 없다는 가정을 받아들일 수 없었다. 학업의 스트레스로 너무 힘들어하던 마이클을 내가 억지로 비행기에 태워서 카리브 해의 한 섬에 휴가를 보냈던 기억이 났다. 며칠 쉬고 돌아와 그는 다시 학업에 뛰어들 수 있었고, 늘 그 일에 대해서 나에게 고마워했다. 그래서 나는 철수가, 아니 두 철수 모두 다 불쌍하단 생각을 하면서 그 씁쓸한 기억을 접기로 했다.

그런데 2006년과 2007년 여름에 나는 이보다 더 확실하게 장애인들과 비장애인들 사이에는 크나큰 장벽이 있음을 느끼는 경험을 하게 되었다. 2006년 여름, 나는 햇불 집회라는 행사에 간증하러 한국에 잠깐 갔다가 오랫동안 못 봤던 서울맹학교 친구들을 만났다. 한국을 떠난 지 24년이나 된 그때, 나는 친구들이 하는 말을 듣고 놀라지 않을 수 없었다. 24년 전과 다름없이 시각장애인들은 거의 다 안마나 침술 일을 한다고 했다. 물론 교수, 교사, 목사 같은 일을 하는 사람들도 있었지만, 90퍼센트 이상은 안마와 침술로 생계를 꾸려 간다는 것이었다. 안마나 침술로 사업을 잘해서 돈을 많이 버는 사람들은 소수일 뿐이고 대부분 일하는 것조차 쉽지 않다고 했다. 정안자들도 이 일에 많이 뛰어드는 바람에 경쟁이 치열해져 오히려 24년 전보다 상황이 열악해졌다고 한다.

그럼 학교나 교회를 제외하고 다른 일반 업체에서 일하는 시각장애인은 없느냐고 내가 묻자 그들은 들어본 적이 없다고 말했다. 내가 "왜 그럴까?"라고 혼잣말을 하자 친구 중 하나는 나에게 이렇게 설명해 주었다. 보는 사람들과 우리는 다르다고. 그래서 같이 동등하게 함께 일할 수는 없다고. 그 말은 나에게 듣기 거북한 진실로 다가왔다.

보이지 않는 장벽을 넘어서

1년 후인 2007년 여름, 나는 한국에 있는 한 자산운용회사와 입사 인터뷰를 했다. 한국으로 돌아가서 살고 싶다는 생각이 있던 차에, 한 친구의 남편이 자기 회사와 조인트 벤처로 자산운용사업을 하는 한국 회사에서 투자 책임자를 구하고 있는데, 거기서 일해 볼 생각이 있느냐고 물어 왔던 것이다. 이 제안을 내가 반갑게 받아들인 이유는 적어도 두 가지 때문이다. 우선 부모님과 형제 곁에서 몇 년이라도 살고 싶었고, 또 한국의 일반 회사에서도 시각장애인이 충분히 일할 수 있다는 것을 증명하고 싶었기 때문이었다.

결국 내가 그 자리에 고용되지 못한 데에는 여러 이유가 있을 것이다. 한국에서 네 번째로 큰 자산운용회사의 투자 책임자가 되기에는 아무래도 내 경험이 부족하기도 했고, 폭탄주를 잘 마시느냐는 질문에 정답과 거리가 먼 대답을 하기도 했으니까.

그런데 그 회사의 국내 직원들, 또 경쟁사의 직원들이 얘기하는, 내가 고용되지 못한 이유에 대한 의견은 내가 생각한 것과는 좀 달랐다. 매일 같이 일하는 직원들은 나의 장애를 이해하고 같은 팀의 동료로서 받아들일지는 몰라도, 고객들은 그렇지가 않을 거라고 염려하는 것이었다. 충분히 일을 감당할 수 있다 하더라도, 자산운용 회사에 돈을 믿고 맡겨야 할 고객들이 나의 장애로 인해 불안해한다면 나를 성큼 고용하겠다고 나서는 회사는 드물 거란 주장이었다. 그리고 가족과 친구들도 왜 미국에 좋은 직장을 두고 굳이 한국에 오려고 하느냐며 나를 말렸다.

이 두 가지 경험으로 인해 나는 엉뚱한 생각을 하게 되었다. 한국에 장애인과 비장애인 사이에 보이지 않는 장벽은, 마치 한때 미국에 존재했던 '분리 평등 정책(separate but equal)', 즉 분리되었지만 동등하다는 법적 원칙을 토대로 한, 흑인과 백인들 사이에 명백하게 존재했던 장벽과 흡사하다는 생각이었다. 남북전쟁 후, 노예 제도가 폐지된 미국에서는, 백인과 흑인이 같은 사회에서 사는 것 때문에 많은 혼란이 있었다. 1890년부터 미국에서는 이 원칙에 따라 흑인 학교와 백인 학교가 따로 있었고, 흑인과 백인이 이용하는 식당과 공동 화장실 등도 나뉘어져 있었다. 버스를 타더라도 흑인은 뒤쪽에 앉아야 했고, 기차에도 흑인만 탈 수 있는 칸이 따로 있었다.

인종 차이 때문에 담을 쌓고 살다 보니 사람들은 분리한 것은 동등할 수 없다는 진리를 깨닫게 되었다. 그래서 1954년 대법원은 이 원칙을 위헌이라고 판결하기에 이르렀다. 그로 인해 백인과 흑인 사이에 존재했던 합법적인 장벽이 무너지기 시작했다고 할 수 있다. 물론 1954년 대법원 판결이 모든 것을 해결해 준 것은 아니지만, 같은 사회에서 인종에 따라 사람들을 분리하는 게 효과가 없음을 확실히 말해 주었고, 그 때문에 인종 문제가 훨씬 덜한 지금의 미국 사회가 가능했다고 본다. 1954년 당시에는 그로부터 54년 후에 흑인이 미국 대통령에 당선될 것이라 생각한 사람은 아마 거의, 아니 한 명도 없었을 것이다.

시각 장애인과 함께 일하는 동료들

그러면 20년도 넘게 일반 회사에서 직장 생활을 해 온 나의 경험은 어땠을까? 1994년 내가 처음 JP모건에 입사했을 때는, 시각장애인이 어떻게 증권 분석 일을 할 수 있을까 하는 의문에 자주 부딪힌 것이 사실이다. 그때는 애널리스트가 읽고 분석해야 하는 자료가 거의 다 책자로 나왔고, 그것을 읽으려면 한 장 한 장 스캔하고, OCR 즉 광학 문자 판독 작업을 해서 읽을 수밖에 없었다. 이렇게 몇 해 일하다 보니, 동료들도 내가 하는 일을 신임해 주었고, 다른 직장을 찾던 1998년에는 인터뷰 과정에서 시각장애인이 어떻게 이런저런 일을 하느냐는 말보다는, JP모건에서 일할 만한 사람이라면 다른 직장에서도 수월하게 일할 수 있을 거란 말을 많이 들었다. 그래서 두 군데 회사에서 고용 제안을 받아 지금까지 일하고 있는 브라운 브라더스 해리먼에 입사할 수 있었다.

이 글을 쓰기 위해서 동료들에게 물어봤다. 시각장애인과 일하는 것이 어떠냐고. 나와 오랫동안 같이 일한 사람들이라서 그런지 별로 불편한 것이 없다고 했다. 한 사람은 자신의 7개월 된, 세상에서 제일 귀여운 딸의 사진을 나에게 보여 줄 수 없어서 속상하다고 했고, 또 한 사람은 자기가 바보스러운 말이나 행동으로 실수할까 봐 걱정된다고 했다. 예를 들어 리포트를 같이 보면서 나에게 빨간 글씨로 쓰인 것을 보라고 한다든지, 생각 없이 나에게 무엇을 던지면서 받으라고 한다든지 등등. 결국 내가 시각장애인임을 잊고 기분 나빠할 만한 행동을 저지를까 봐 염려된다는 것이있다.

그들은 내가 눈이 보이지 않아서 필요한 것들을 잘 알고 있다. 다른 사람에게 메시지를 보낼 때 그림으로 붙여 넣는 자료를 나에게는 항상 텍스트로 붙여 넣어 준다든지, 같이 걸어 다닐 때면 계단 앞에서 자동적으로 "스텝 업(step up, 올라간다)" 혹은 "스텝 다운(step down, 내려간다)"이라고 말해 준다. 이미 나의 동료들은 시각장애인과 같이 일하고 생활하는 것이 버릇처럼 되어 버렸다. 그중 한 사람은 눈이 멀쩡한 다른 친구들과 다닐 때도, "스텝 업, 스텝 다운."이라고 말했다가 그 친구들이 자신을 이상하게 여겼었다고 나에게 말해 주었다.

동료들의 말이나 행동이 나를 속상하게 한 적은 있는지 곰곰이 생각해 봤다. 20년이 넘는 직장 생활에서 그런 경험이 없다면 거짓일 것이다. 그런데 그것이 나의 장애와 관련되었다고 느낀 적은 딱 한 번뿐이었다. 한 여직원이 2007년 말에 우리 팀으로 왔는데, 들어온 지 얼마 되지 않아 나에게 이런 말을 했다. 윗사람들이 나를 아주 높게 평가하는 것은 내가 실력 있는 애널리스트이기 때문이기도 하지만, 시각장애인인데도 일을 잘하기 때문이기도 하다는 말이었다. 그 말이 일리가 있는지 없는지를 떠나, 나에게 직접 그런 말을 한다는 것은 둘 중 하나라는 생각이 들었다. 내가 그런 말을 듣고도 기분 나빠할 사람이 아니라는 확신이 있었든지, 아니면 그런 말을 함으로써 비교적 인정을 덜 받고 있던 자신의 입장을 정당화하고 싶었든지. 아무튼 듣기에 썩 기분이 좋은 말은 아니었다.

인간 사이에 장벽이 될 수 있는 것은 장애뿐만이 아니다. 우리의 정치적이거나 종교적인 생각, 사회·경제적인 지위, 태어난 곳이나 문화의 차이, 외모나 성격 차이 등등 '우리'라는 범위 안으로 다른 이들을 받아들이지 않는 이유는 많다. 우리와 같이 '우리'가 될 수 없는 이들을 같은 인간으로 받아 주고, 그들의 생각과 소망을 인정해 주는 것이야말로 성장하는 사람의 모습이 아닐까. 이런 성장을 추구하는 것이 더 많은, 더 큰 장벽을 만들 수밖에 없는 현실에서 꼭 필요한 노력이 아닐까 싶다.

나를 바꾼
한마디,
네 번째

"Let's live another day."
(다른 날이 있겠지.)

내가 처해 있는 상황이 불공평하다고 느낄 땐 어떻게 하는 것이 좋을까? 나는 항상 "다른 날이 있겠지(Let's live another day)."라는 말을 주문처럼 외우면서 힘든 상황을 넘어서려고 노력한다.

작은 예로, 안내견 빅 때문에 택시 탑승을 거부당했을 때 "택시 운전사는 또 있을 거야(Another day, another taxi driver)."라고 자신에게 말하면서 다른 택시를 찾곤 했다. 법적으로 따진다면, 우리를 거부하는 택시 기사를 경찰에 신고할 수도 있었지만, 개털 때문에 태우기를 꺼려하는 그 마음도 좀 이해해 주자고 생각하면서 성질을 다스렸다.

또 내가 장애인이라는 이유로 구직활동에 어려움을 겪었을 때 나는 "일자리는 또 있을 거야(Another day, another job)."라고 하면서, 계속 구인 리스트를 살피고 열심히 이력서와 커버레터를 보냈다. 그 결과 나는 "두 개의 직업을 얻는(Another day, two other jobs)" 행운을 안게 된다. 두 군데 회사에서 보수 올리기 경쟁까지 하면서 나에게 일자리를 제안한 것이다.

사실 구인 광고를 내건 회사들은 내가 시각장애인이라는 사실을 뒤늦게 알게 되었을 때, 갑자기 이미 사람을 구했다고 말하며 입장을 바꾸곤 했다. 그리고 그 뒤에 다시 똑같은 구인 광고를 내걸었다. 그런 그들을 판단하기보다는, 나에게 더 좋은 직장이 나를 기다리고 있을 거란 생각으로 포기하지 않고 구직활동을 이어갔다. 그때 나에게 힘이 되었던 말이 바로 "다른 날이 있겠지."라는 말이었다.

"웬만한 일에는 세상도 교회 못지않거나 교회보다 낫다.

집을 지어 주고 가난한 자를 먹여 주고

아픈 사람을 고쳐 주는 일은 굳이 교인이 아니어도 할 수 있다.

그러나 세상이 못 하는 일이 하나 있다.

세상은 은혜를 베풀 수 없다."

─고든 맥도널드(목사)

소중한 것
다섯

나눔

2012년 2차 플라잉 해피니스로 미국을 방문한 동명 보육원 아이들과 함께.

"나는 은혜를 베푸는 삶을 택할 것이다.
감사하는 삶과 영적 훈련을 하는 삶은 나를 위한 것일 테지만,
은혜를 경험한 사람이 그것을 다시 베푸는 삶을 살아간다는 것은
나 혼자만을 위해서라기보다는
다른 이들을 돕는 삶을 산다는 뜻일 테니까."

18
하나님,
저는 왜 앞을 볼 수 없을까요?
─고난의 이유와 목적

내게는 나보다 열 살이 많은 이모 한 분이 있다. 엄마에게는 11명의 형제자매가 있지만 유난히 우리 가족과 가깝게 지내던 이 이모는 이모부가 대한항공에서 일하며 뉴욕으로 발령받아 생활하는 동안 나를 자주 돌봐 주셨다. 언젠가 이 이모가 나에게 이런 말을 해 주었다. 종교가 있다는 건 좋은 거라고.

만 여덟 살이 되던 해에 나는 곧 시력을 아주 잃게 될 거라는 말을 의사들에게 듣게 된다. 시각장애가 있는 아이를 어떻게 키울까 고민하던 부모님께, 안과 의사였던 아버지의 친구는 또 이런 충고를 해 주었다고 한다. 꼭 종교를 갖게 하라고. 그것도 불교보다는 기독교가 나을 거라고 말이다.

눈이 먼 것은
죄 때문이 아니다

사실 나는 종교가 없는 가정에서 컸다고 해도 과언이 아니다. 아버지는 남다른 불심을 가진 할머니와 달리 절에 한 번 가지 않는 분이었고, 엄마는 어렸을 때 세례도 받고, 대학교 기숙사에서 대표 식사기도까지 하는 분이었지만 역시 교회를 계속 다니거나 신앙생활을 이어가지는 않았다.

그래서인지 처음에는 나에게 종교와 신앙이 대수롭지 않게 다가왔다. 부산 메리놀 병원에서 부활절에 채색한 달걀을 수녀님들로부터 받아 본 것이 내가 어렸을 적 겪은 유일한 종교 경험이었다. 그런데 서울맹학교에 들어가 기숙사 생활을 시작하면서 나는 과자를 받아먹기 위해 예배에 참석하게 되었다. 내가 다녔던 서울맹학교에는 종교 활동이 활발했다. 월요일 저녁에는 세 개의 종교 그룹이 모임을 가졌는데, 나는 원불교나 가톨릭보다 규모가 컸던 기독교 모임에 가게 되었다. 저녁 자습을 하지 않아도 된다는 것도 좋았지만, 예배에 참석하면 주는 과자가 더욱 구미를 당겼다. 예배 시간에는 라면땅이나 빵 따위를 아이들에게 나눠 주었다. 지금 생각해 보면 별것 아닌 듯하지만, 그때는 그렇게 뭘 얻어먹는다는 것이 커다란 매력이었다. 그렇기 때문에 지금까지도 나는 신앙을 입으로 받아들였다고 말한다. 과자를 깨물어 먹으면서 성경 말씀이란 것을 처음

접하게 되었고, 별사탕을 입에 물고 찬송가를 듣고 배웠으니까.

그러다가 언젠가부터 성경 이야기가 귀에 들어오기 시작했다. 요한복음 9장에는 예수님의 제자들이 내 귀에 익숙한 질문 하나를 하는 장면이 나온다. 한 시각장애인을 보고 제자들은 예수님께 이렇게 묻는다. 그가 앞을 볼 수 없는 사람으로 태어난 게 누구의 죄 때문이냐고. 자신의 죄 때문에, 혹은 부모의 죄 때문에 그가 앞을 볼 수 없는 사람이 되었느냐고. 이것은 내가 수도 없이 여러 사람의 입에서 들은 질문이라, 먹고 있던 빵을 재빨리 삼키고 귀를 기울이지 않을 수 없었다.

예수님은 제자들의 질문에 이렇게 답한다. 시각장애인인 그가 지은 죄 때문도 아니고, 그의 부모가 지은 죄 때문도 아니라고. 다만 하나님이 하시는 일을 그를 통해 나타내기 위하여 그가 시각장애인으로 태어난 것뿐이라고. 이 말은 내가 장애에 대해 긍정적으로 생각하게 된 계기가 되어 주었다. 내가 하나님의 쓰임을 받을 사람이라서 그런 것이 아니라, 장애가 죄의 대가가 아니라는 말을 그때 처음으로 들었기 때문이다.

나는 어른들로부터 종종 이런 말을 듣곤 했다. 누가 그렇게 큰 죄를 지었기에 네가 앞을 못 보게 되었느냐고. 전생에 무슨 죄가 그렇게 커서 이런 일이 일어났느냐고 혀를 차는 집안 어른들도 있었다. 눈이 안 보이는 것도 불편하고 애통한 일인데, 전생의 죄나 조상의 죄를 들먹이면서 당연하다는 투로 말하는 것은 정말 시력을 두 번

빼앗아 가는 일과 다름없다.

그런데 예수님은 장애가 죄 때문이 아니라고 했을 뿐만 아니라 더 나아가 장애에는 목적이 있다고까지 말씀하셨다. 하나님이 하시는 일을 세상에, 여러 사람에게 나타내기 위한 것이라고 말이다. 이 말이 그때 제자들과 예수님 곁에 있었던, 그래서 예수님이 결국 눈을 뜨게 해 준 그 시각장애인에게만 국한된 가르침이라고 이해하는 사람도 없지는 않을 듯하다. 그러나 당시 나의 어린 마음에 그 말은 내 장애에도 그런 목적이 있을 것이라고 가르쳐 주는 말씀으로 다가왔다. 머리로 받아들인 이러한 생각으로 인해 결국 나는 신앙에 눈뜨게 되었다. 그리고 아직 나는 내 장애로 인해 하나님을 더 확실히 볼 수 있는 사람들이 생기길 희망하고 있다.

누굴 믿고 낯선 나라로 갈까?

그러다 내가 가슴 깊이 신앙을 품을 수밖에 없었던 일이 생겼다. 앞서 내가 유학길에 오르는 과정을 읽어 본 사람들은 잘 알겠지만, 만 열네 살 때 나는 오버브룩이라는 미국 필라델피아의 맹학교에서 전액 장학금을 주는 유학 초청을 받았다. 아직도 기억이 난다. 1981년 초여름 어느 날, 서울맹학교에서 공부하고 있는데 엄마가 나를 찾아왔다. 아주 많이 먹던 시절이라, 학교 근처 중국집에서 군만두와 짬뽕을 시켜 놓고 '탕수육도 먹고 싶은데.'라고 생각하고 있는데 엄마가 물었다. 정말 유학 가고 싶으냐고.

이 질문에 대해서는 약간의 설명이 필요하다. 그해 초, 1월부터 3월까지 나는 미국 공연 여행을 했었다. 학교 형들로 구성된 남성 사중창단의 반주자로서 캘리포니아에서 뉴욕까지 간 것이다. 그때 오버브룩 맹학교를 방문했었고, 너무나 시설이 좋은 그 학교에서 공부하고 싶다는 생각을 했다. 그래서 공항에 마중 나온 부모님께 유학을 보내 달라는 얘기를 꺼냈다. 하지만 2만 불이나 되는 학비와 기숙사비 때문에 유학을 떠나기 어렵다는 것을 알았다.

나중에 안 것이지만, 철없는 아이가 유학을 보내 달라는 말, 그리고 그 유학에 매년 2만 불 정도가 든다는 말에, 아버지는 앞이 캄캄해졌다고 한다. 아버지는 고민하기 시작했다. 더 나중에 안 것이지만, 이 고민에는 아버지가 오래도록 내려놓지 못했던 큰 후회가 곁들여 있었다. 눈 수술을 스물두 번도 더 했지만 아버지는 '선진국에 보내서 수술을 시켜줄 수만 있었더라면.' 하고 오랫동안 생각해 왔다고 한다. 결국 당신의 능력 부족으로 아이가 시각장애인이 되었다는 안타까움이 마음속 한곳에 자리 잡고 오랫동안 아버지를 괴롭혔나 보다. 아버지가 이 글을 읽고 절대로 그렇지 않다는 것을 확실히 알게 되었으면 한다.

다시 중국집 이야기로 돌아가면, 그때 나는 정말 유학을 가고 싶으냐는 엄마의 질문을 이해할 수 없었다. 군만두 하나를 거의 씹지도 않고 삼킨 후에 엄마에게 물었다. 돈이 어디 있어서 그런 말을 하느냐고. 엄마는 내가 가고 싶어 했던 오버브룩에서 전액 장학금 오퍼가 왔다는 소식을 전해 주었다. 믿을 수가 없었다. 불가능하기만 했던 꿈이 현실로 다가온 것이었으니까. 새 학기가 9월에 시작하니 몇 달 후에 당장 유학을 떠나려면 빨리 준비해야 한다면서, 엄마는 다시 나에게 물었다. 정말 유학을 가고 싶으냐고. 하지만 갑작스러운 상황에 나는 바로 답하지 못했다. 사흘만 시간을 달라고 말할 수밖에 없었고, 엄마는 그렇게 하자며 집으로 돌아갔다.

그 후 3일은 참 이상했다. 한편으로는 매우 기뻐서 누구에게든 이 좋은 소식을 전하고 싶은 마음에 가슴이 터질 것만 같았다. 또 한편으로는 아는 사람도 하나 없고 언어도 모르면서 어떻게 그 먼 곳으로 갈 엄두를 내는 걸까 하는 두려움으로 역시 가슴이 터질 것만 같았다. 그냥 부모 형제 곁에서, 익숙해진 학교에서, 친한 친구들과 함께, 그리고 시각장애학생들을 잘 교육해서 세상에 떳떳하게 내보내겠다는 열정으로 우리를 가르치던 선생님들의 가르침을 받으면서 사는 것이 좋겠다는 생각도 많이 들었다. 하지만 더 큰 세상으로, 들은 바로는 교육을 받고 직업을 얻을 기회가 더 많다는 미국에 갈 기회는 또다시 오지 않을 거란 확신도 한편으론 들었다.

결국 내 머릿속을 계속 맴도는 질문은 하나였다.

'누구를 믿고 유학을 갈까?'

눈치가 빠른 사람들은 이 문제를 내가 어떻게 해결했는지 알 것이다. 맞다, 아는 사람 하나 없었지만 '하나님을 믿고, 하나님만 의지하고, 하나님만 붙잡고 가자.'라는 결론으로 3일 동안의 고민을 끝냈다. 지금 생각해 보면, 참 우습지 않을 수 없다. 신앙심이 그렇게 깊었던 것도 아니었으니까. 그저 어린 마음에, 사람들이 가끔은 생각 없이 내뱉는 드라마틱한 몇 마디로 앞날의 큰 커브 길을 결정하게 되었으니까. 나는 나의 이러한 결정을, 주말에 집에 갔을 때 부모님께 말씀드렸다.

아직 초등학생이란 이유로, 문교부에서는 유학을 바로 허락해 주지 않았다. 그래서 나는 그다음 해인 1982년 여름에 유학을 떠났다. 그런데 참 이상하다. 꼭 가고 싶었던 유학길에 대한 두려움을 진정시키려고 어린 생각에 했던 몇 마디 말이, 그 이후로 내 삶의 지침이 되어 주었으니 말이다. 모든 일에 하나님의 손이 보이는 듯했다. 입학 전 6주 동안 나를 돌봐 주면서 내가 영어와 미국의 문화에 조금이나마 익숙해질 수 있게 도와주겠다는 가족도 하나님이 직접 준비해 주신 것 같았다. 많은 사람은 우연이라고 하겠지만, 그때부터, 아니 사실은 그 이전부터 일어났던 수많은 일은, 나도 부모님도 상상하지 못한 새로운 삶의 길을 내 앞에 열어 주었다.

19
인생의 퍼즐은 한 번에
맞춰지지 않습니다
─ 영주권과 하버드의 상관관계

어린아이와 퍼즐을 같이 해 본 사람들이라면 알 것이다. 많은 조각이 결국 어떤 큰 모양으로 만들어져야 하는지를 다 아는 어른에게 퍼즐 맞추기는 쉽지만, 그 큰 모양을 생각하지 못하는 어린아이에겐 어렵기만 하다는 것을. 나는 언젠가 내 삶이 퍼즐 같다는 생각을 했다. 그리고 나는 그 퍼즐의 모양을 모른 채, 조각들을 여기저기 맞춰 넣으려고 애쓰는 아이가 아닐까 생각했다. 계획하는 것 중 잘 되는 것은 드물고, 생각지 못했던 일로 삶의 방향이 오히려 더 좋은 쪽으로 바뀌게 될 때면, 이 퍼즐은 나 혼자 만들어 나가는 게 아닌 듯싶기도 했다.

영어를 배우는 데
필요한 몇 가지 행운

앞서 얘기한 대로 내 유학길은 1년이나 늦춰졌다. 지금은 법이 어떻게 바뀌었는지 잘 모르겠지만, 1981년에는 유학을 가려면 문교부에서 허락을 받아야 했다. 그런데 유학 허가 조건 중 하나가 의무교육을 마치는 것이었고, 아직 초등학교 6학년이었던 나는 이 조건때문에 유학이 1년이나 늦춰지는 것을 견뎌야 했다.

유학을 가겠다고 결정한 후 1년이 넘게 기다리기는 쉽지 않다. 가장 큰 걱정은 장학금을 주겠다던 학교가 1년 후에도 똑같은 조건으로 나를 불러 줄까 하는 것이었다. 그다음 해 가을에 유학을 떠나려면 날짜를 수정한 서류가 와야 하는데, 오랫동안 서류는 오지 않았다. 그 때문에 나는 유학을 못 갈 수도 있다는 생각으로 불안한 나날을 보내야 했다.

하지만 이것은 소질 없이 쳤던 피아노 때문에 유학까지 가게 된일 이후 처음으로, 당장은 좋지 않았던 일이 오히려 상상 밖의 좋은일로 나를 이끄는 사건이 되었다. 1년이 넘는 시간을 두고 학교 영어 선생님에게 영어를 배울 수 있었기 때문이다. 미국으로 유학 간선배들이 없지는 않았다. 하지만 영어 공부를 한 번도 해 보지 못한초등학생이 간 적은 없었다. 그래서 영어를 배울 수 있도록 학교와선생님이 배려해 주었다. 유창한 회화를 하거나 생각을 똑바로 써

내는 정도까지는 아니었지만, 적어도 많은 단어를 머릿속에 넣고 유학을 떠날 수 있었다. 그것은 내가 미국에서 태어난 사람처럼 영어를 하게 해 줄 튼튼한 토대가 되어 주었다.

그리고 나를 불러 준 오버브룩 맹학교를 다닐 때에도 역시 뜻밖에 행운을 얻었다. 시각장애만이 아니라 청각장애와 정신 지체가 있는 친구들의 교육에도 초점을 맞춰야 하는 교육 방침 때문에 나는 학교 공부에 많은 시간을 소비하지 않아도 되었다. 그래서 남는 시간을 유용하게 쓰기 위해 점자로 된 책을 읽기 시작했다. 한글로 읽어서 이미 내용은 다 아는 책들, 예를 들어 마크 트웨인의 『톰 소여의 모험』이나 존 스타인벡의 『진주』, 『성경』 등을 영어로 읽었다.

매일 몇 시간씩 계속된 노력으로 결국 나는 더 유창한 영어 실력을 갖췄고, 결국 영어가 더 편한 사람이 되는 길로 접어들었다. 주위에 한국말을 같이 할 사람도 없었고, 지금과는 달리 국제 전화 요금도 매우 비쌌던 그때, 나는 오로지 영어로만 생각을 하기 시작하면서 한국말을 서서히 잊어버렸다. 그래서 훗날 아내가 될 사람을 만나기 전까지는, 한글을 쓰는 것은 물론이고 한국말을 하기도 쉽지 않은 사람이 되어 버렸다. 지금 생각하면 그리 좋지 않은 것 같기도 하지만, 미국 주류 사회에 순응하는 데에는 그 생각지 못했던 방법과 환경이 큰 도움이 되었던 것도 같다.

혹시나 해서 말하지만 『톰 소여의 모험』은 영어 공부에 그렇게 적합한 책은 아니다. 왜냐하면 소설의 배경이 19세기 미국, 그것도 미시시피 강가의 한 마을이라 당시 그 지방에서 쓰던 방언이 아주 많이 나온다. 사실 현대 영어로 연결하기 부자연스러운 대화나 말투들이다.

그리고 외국어를 배우는 제일 좋은 방법은, 그 언어를 주로 쓰는 사람과 연애나 결혼 생활을 하는 거라고 추천하고 싶다. 아이러니하게도 한국말이 더 편했던 아내, 근주를 만나고 난 후에 내 한국말 실력은 아주 빨리 늘었다.

영주권과 대학 입학이라는 조각 맞추기

퍼즐 조각이 내 고집대로가 아니라, 눈에 보이지 않는 어떤 분의 계획대로 맞춰지는 일은 내 삶에서 끊이지 않았다. 그중 대표적인 사건은 내가 10학년(고등학교 1학년)이 되던 해부터 시작되었다. 유학 생활 3년째이자 일반 고등학교 생활 2년째가 되던 그해, 나는 미국에서 계속 사는 것이 좋겠다는 결심을 했다. 많은 선생님과 친구의 배려와 이해로 즐겁고 유익한 학교생활을 하다 보니, 자연스레 그런 생각이 들었다. 나는 당시 유학생 비자를 갖고 있어서 공부가 끝나면 본국으로 돌아가야 했다. 그래서 계속 미국에 살려면 영주권을 받아야 했다. 그러므로 당장 내가 꼭 해내야 할 일은 딱 하나였다. 영주권을 받는 것이 바로 나의 단기 목표가 된 것이다.

나는 영주권을 얻을 방법을 알아보기 시작했다. 인터넷 검색에 익숙해진 지금과 달리, 당시에는 도서관에서 책자를 찾아봐야 했고, 이민국에 직접 전화를 걸어 많이 물어봐야 했다. 이민법을 잘 설명해 놓은 테이프들도 듣고 또 들었다.

이러한 옛날 스타일로 조사한 결과, 내가 영주권을 받기는 몹시 어렵긴 하지만, 그래도 불가능하지 않다는 결론을 내렸다. 지금이나 그때나 크게 두 가지 방법으로 사람들이 영주권을 받고 미국에 이민 온다. 첫째는 시민권자 혹은 영주권자 친척의 초청을 받아서 오는 경우고, 둘째는 고용주의 초청을 받아서 오는 경우다. 하지만 나를 초청해 줄 친척도 없었거니와 만 열여섯 살이었기 때문에 나를 초청해 줄 미국인 아내를 만들기에도 나이가 어렸다. 물론 나를 많이 좋아하는 소녀가 있고, 양측 부모의 동의를 얻었다면 또 모르겠지만!

그렇다고 해서 나를 위해 영주권 후원을 해 줄 고용주가 있을 리 없었다. 나를 도와주고 싶은 이가 있었다 해도, 내가 할 수 있는 일이 없었다. 전문직 자격을 갖춘 것도 아니었고, 그렇다고 닭 공장에서 일하거나 가정부가 될 수 있는 노릇도 아니었다.

그러면 어떤 것에 내가 희망을 걸었을까? 아주 드물긴 했지만, 특별법을 통해 미 국회가 외국인에게 영주권을 주는 경우가 있다는 말을 들었다. 이것은 어떻게 보면 별일이 아니었고, 또 어떻게 보면 아주 대단한 일이었다. 미 국회가 통과시키는 법에 짧은 개정안, 즉 아무개에게 영주권을 준다는 몇 마디를 붙여 넣으면 된다. 물론 이것이 아주 드문 경우라는 것을 알았지만, 한번 시도해 보기로 했다. 0의 가능성과 희박한 가능성 중 후자를 기꺼이 택한 것이었다. 그리고 나의 이러한 태도는 아직도 여전한 듯하다.

그래서 나는 주위 사람들에게 국회의원들에게 보낼 탄원서를 써 달라고 부탁했다. 한국에 있는 부모님부터, 나를 돌봐 주던 미국 부모님, 학교 교장 선생님을 비롯한 여러 선생님, 교회 목사님 그리고 뉴저지 시각장애학생들의 특수교육을 책임지고 있던 주정부의 장관급 인사에게도 탄원서를 부탁했다. 또 교회의 모든 이들에게 내 소원을 말씀드리고 기도를 부탁했다. 이런 열정적인 노력과 많은 이들의 기도는 그때 당시 뉴저지 상원의원이었던 빌 브래들리 의원과 우리 지역의 하원의원이었던 마지 루케마 의원에게서 온 두 통의 편지로 끝이 났다. 둘 다 정책상 이민 특별법 후원을 하지 않는다는 것이었다.

나는 크게 실망하지 않을 수 없었다. 신앙생활 중 처음으로, 열심히 한 기도에 아주 확실한 거절의 답을 받았다고 생각했다. 그런데 이 거절은 멀지 않은 훗날 내 삶에 있어서 최고의 기회라고 해도 과언이 아닌 일을 불러온다. 세계적인 일류 대학에서 공부할 수 있는 직접적인 계기가 되어 주었던 것이다.

인생의 퍼즐 조각이 제자리에 맞춰지기까지

12학년이 되고 나는 대학 입시에 관한 상담을 받기 시작했다. 그런데 유학생을 도와준 경험이 없었던 선생님과 나는 곧 커다란 문제에 부닥뜨려 당황하게 되었다. 유학생이 미국 대학교에 입학원서를 내려면, 모든 비용을 감당할 수 있다는 증명을 해야 한다는 것이었다. 당시 사립대학교를 4년 다니는 데 드는 돈은 약 8만 불 정도였는데, 그 액수의 돈이 있는 은행 계좌 증명서를 입학원서와 같이 내야만 원서를 받아 준다는 사실을 알게 되었다. 당시 우리 가족에게는 그런 증명을 할 만한 금전적인 여유가 없었고, 결국 영주권이 없다는 이유로 나는 대학을 가지 못할 위기에 처했다.

마음이 조급해진 나는 금전 증명을 요구하지 않는 학교를 찾아 달라고 선생님에게 부탁했다. 그런데 막상 선생님이 찾아낸 학교들은 내가 다닌 고등학교에서 그 누구도 응시해 본 적 없는 일류 대학들뿐이었다. 프린스턴, 하버드, MIT, 펜실베이니아 대학 등 내가 감히 꿈도 꾸어 보지 못한 학교들이었다.

기가 막혔다. 무슨 말을 해야 할지 몰라 당황하고 있을 때 선생님이 이렇게 말했다. 한번 도전해 볼 만하다고. 학교 성적도 250명 중 5등쯤 하니 괜찮고, 대학 입시 시험 점수도 높은 축에 속할 뿐만 아니라 학업 외 특별 활동도 꽤 많이 했으니, 한번 도전해 보자는 것이었다. 그래서 영주권이 있었더라면 갈 생각조차 안 했을 대학교들, 즉 하버드, 프린스턴, MIT 그리고 펜실베이니아 대학에 입학 원서를 보내게 된다. 그리고 그다음 해인 1987년 봄, 나는 모든 학교에서 합격 통보를 받았다. 그것도 하버드와 펜실베이니아 대학에서는 합격생 중에서도 톱에 속하는 각각 '전국 장학생(National Scholar)'과 '벤저민 프랭클린 장학생(Benjamin Franklin Scholar)'에 뽑혔다.

내가 그렇게 소원했던 것은 영주권이었다. 하지만 그때 영주권을 받는 것은 내 삶이라는 퍼즐 판에 맞지 않는 조각이었던 것 같다. 학교 공부를 마친 후 JP모건에 입사하여 영주권을 받는 것이 그 퍼즐이 맞춰지는 알맞은 시점이었나 보다. 나는 계속 되풀이되는 이런 행운들을 그저 복이 있다거나 우연의 일치로 받아들이지 않는다. 내 삶은 한 퍼즐 마스터에 의해서 서서히, 계획대로 만들어져 가고 있는 퍼즐이라고 생각해 왔으니까. 그래서 그분이 정해 놓은 다음 조각이 알맞은 자리에 넣어지면 나에게 또 어떤 일이 생길까 하는 기대감을 갖고 살아간다. 그 누구보다 나를 더 잘 아는 하나님이 계획하고 목적한 대로 사는 것이야말로, 내가 최고의 삶을 사는 방법이라고 믿기 때문이다.

20

당신은 혼자가 아닙니다

— 야나 선교회와 플라잉 해피니스

2007년 1월은 내가 유난히도 많은 생각에 잠겼던 시기였다. 한국에서는 어떤지 모르겠지만, 미국에서는 마흔 살이 되는 날과 그 해를 많은 사람이 의미 있게 생각한다. '더 빅 포티(The Big 40)'라고도 하는데, 이때를 중년의 시작이라고 보기도 한다. 그래서 어떤 사람들은 배우자가 마흔 살이 되는 날, 가족과 친구들을 불러놓고 큰 생일 파티를 열어 주면서 사랑하는 이를 축하(위로)해 주기도 하고, 또 어떤 사람들은 마흔이 넘었다는 것을 인정하기 싫어 나이가 서른아홉에서 멈췄다고 우기기도 한다. 그러나 적어도 나에게 2007년 1월은, 그때까지 살아온 세월을 뒤돌아보고, 또 앞으로 어떻게 살아야 할지를 생각하게 하는, 삶의 전반과 후반을 갈라놓는 계절이었다.

타인에게 도움 주는 삶을 살 수는 없을까?

마흔 살이 되던 2007년 1월 10일 수요일 새벽, 나는 지금까지 내 삶을 축복으로 가득 채워 주신 하나님께 감사를 드렸다. 나를 사랑해 주고, 키워 주고, 나의 눈을 고쳐 보겠다고, 또 눈을 못 보는 나를 최고로 교육하겠다고 열정을 아끼지 않은 분들이 나의 부모님이었다는 사실에 감사했다. 시각장애인 학생에게 필수인 점자와 독립적인 생활 능력을 가르쳐 비장애인들과 경쟁할 수 있도록 나를 준비시켜 준 서울맹학교 선생님들을 떠올리면서 또다시 감사했다. 그리고 음악 소질이 전혀 없는 나에게 피아노를 가르쳐 준 선생님을 생각하면서 감사했다. 나의 미국 유학을 가능하게 해 주신 선교사님을 떠올리며 또 감사하지 않을 수 없었다. 입양하지 않았는데도 나를 열다섯 살 때부터 친자식처럼 키워 주신 미국 부모님과 시각장애인 학생을 교육해 본 경험이 없는데도 나를 열심히 가르쳐 준 고등학교 선생님들에 대한 감사도 잊지 않았다. 세계적인 학교에서 대학과 대학원 공부를 할 기회와 생각지도 못했던 월가 직장에서의 전문 직업 그리고 화목하고 행복한 나의 가족생활까지…… 많은 선물로 나를 축복해 주신 하나님께 다시 한 번 감탄하며 감사 기도를 드렸다.

그런데 문득 받기만 하는 나의 삶이 과연 얼마나 의미가 있는 걸까 하는 의문이 들었다. 물론 큰일을 당한 사람들, 예를 들어 2004년

쓰나미 사건을 당한 사람들을 위해 기부금을 내기도 하고, 대학 시절부터 '세이브 더 칠드런(Save the Children)'을 통해 어려움에 처한 아이들을 계속 후원해 왔지만, 그런 것보다 더 직접적으로 내가 다른 사람들을 위해 무언가를 해야 할 때가 오지 않았나 하는 생각이 든 것이다. 마흔이라는 인생의 이정표를 지났다고 생각하니, 이제는 삶의 의미를 좀 찾기 시작해야겠다는 느낌이 들었다. 나와 내 가족만의 편한 삶을 위해 일한다는 게 좀 부끄럽기도 했다.

또 하나, 장애인으로서 오래 살다 보면 주는 것보다는 받는 것에 더 익숙해질 수밖에 없다. 적어도 나는 그런 것 같다. 아내도, 동료도, 친구들도, 나에게 도움을 더 주는 게 사실이고, 그것이 당연하게 되어 버린 듯하다. 예를 들어 스타벅스에 가면 아내나 동료가 아이스커피를 내 입맛대로 만들어 준다. 나는 돈만 내고 그저 받아 마시기나 한다. 자주, 돈까지 다른 사람들이 내주기도 한다. 마흔이 되던 그 날, 나는 이제 이 패턴을 바꾸어야겠다고 생각했다. 다른 사람들처럼 불우한 사람들을 위해 집을 지어 주는 해비타트의 봉사자로 일할 수도 없고, 집에 고립된 사람들을 위해 매일 식사를 준비해서 배달하는 단체에서 봉사 활동을 할 수도 없지만, 주위 사람들에게 더 베푸는 사람이 되고, 나아가 내가 할 수 있는 봉사가 있다면 그 기회를 놓치지 말아야겠다고 결심했다.

창피하게도 이런 깨달음과 결심은 당장은 별 결실을 내지 못했다. 적어도 3년이란 긴 세월 동안, 나는 마흔 살이 되기 전과 마찬가지로 살았다. 기회를 찾지 못했다고 하면 변명이 될 수도 있겠지만, 실은 그런 기회를 찾을 만한 열정이 없었다고 하는 것이 더 정확할 듯하다.

내가 경험한 기회를 아이들에게 줄 수 있다면

2010년 1월 17일은 내가 마흔세 살이 된 후 일주일이 지난 주일이었다. 그날 내가 다니는 뉴저지 찬양교회의 허봉기 목사님이 내 마음을 움직이는 설교를 했다. '누군가의 생명과 풍성한 삶을 위하여'라는 제목의 이 설교는 3년 동안 가끔씩 내 머릿속을 복잡하게 했던 여러 생각을 정리해 주었고, 덕분에 나는 내 삶의 목적이 바로 이것이라고 결정하게 되었다. 그날 설교에 따르면, 예수님이 이 세상에 오신 것은 양들에게, 즉 우리에게 생명을 얻게 할 뿐만 아니라 더 풍성하게 하려는 목적이 있었다고 한다. 목사님이 생각해 낸 말이 아니라, 요한복음 10장 10절에 나와 있는 예수님의 말씀이었다.

그날 나는 내가 어떤 사람들의 삶을 어떻게 풍성하게 해 줄 수 있을까 생각하기 시작했다. 아내 그레이스에게도 이런 나의 결심을 이야기해 주고, 우리가 같이할 수 있는 일을 생각해 보자고 했다. "항상 하는 결심, 또 얼마나 오래가겠어?"라고 반문할 것 같았던 아내도 이번엔 내 생각이 마음에 와 닿았던지, 같이 궁리해 보자고 하며 긍정적인 반응을 보였다. 생각은 왜 하자고 했는지 모를 정도로, 우리 부부는 그날 저녁, 각각 같은 답을 얻었다. 우선 한국에 있는 보육원 아이들의 풍성한 삶부터 생각해 보자는 것이었다.

찬양교회 청소년부를 맡고 있던 황주 목사님은 특히 아이들 목회에 비전을 갖고 있었다. 아이들의 세계를 조금이나마 이해하고 싶어서 대학교 때는 교육학을 공부했고, 3년 동안 고등학교 수학 선생님으로 일하기도 했다고 한다. 그 후 신학 공부를 하여 청소년 목회를 6년 가까이 해 온 이 젊은 목사님의 비전과 열정을 우리 부부는 오랫동안 존경해 왔다.

2008년 여름, 황주 목사님은 찬양교회 고등부 아이들을 데리고 한국에 단기 선교를 떠났다. 한국에 있는 동명 아동 복지센터를 방문하여 그곳 아이들과 함께 생활하면서 친해지려고 노력한 것이다. 부모가 있어도 함께 살 수 없어 보육원에서 생활하던 아이들이 교회에서 온, 그것도 미국에 있는 교회에서 온 방문객들에게 마음을 열기까지는 오랜 시간과 노력이 필요했다고 한다. 우선 다음 여름에 꼭 다시 올 거라는 약속을 지켜야 했다. 한번 와 보고 다시는 오지 않는 사람들을 자주 경험한 이 아이들과 보육원 직원들은 2009년 여름에 다시 찾아온 찬양교회 아이들과 목사님을 보고 조금씩 마음을 열기 시작했다고 한다. 그리고 동명 아이들과 찬양교회 아이들이 시골에 가서 그곳 교회 아이들을 위해 여름 성경학교를 열어 주는 프로젝트를 함께 진행한 후에는, 동명 아이들과 찬양교회 아이들이 진정으로 친해지기 시작했다. 또한 동명 아이들을 향한 몇몇 사람들의 마음이 더욱더 무거워지기도 했다.

사실은 이 보육원 사역에 대해서도 좀 들어 보고, 또 황주 목사님에 대해서도 더 알고 싶고도 해서, 목사님 가족을 우리 집에 초대한 적이 있었다. 한국에 2만 명이 넘게 있는 보육원 아이들은 경제 고아라고도 불린다. 대다수는 적어도 부모님 중 한 분은 있다고 한다. 많은 경우 경제적인 문제나 부모님의 출가, 이혼, 실직, 장애 등의 문제로 같이 살 수 없는 아이들이 보육원에서 생활한다고 목사님이 설명해 주었다.

그런데 이 아이들 앞에 펼쳐져 있는 현실은 몹시 어려웠다. 고등학교 때까지는 보육원에 살면서 학교도 다니고, 의식주를 제공받을 수 있다. 필수적인 것뿐만 아니라 예를 들어 원하는 학원 공부나 스마트폰까지도 제공받을 수 있다. 하지만 고등학교 졸업 후에는 정말 힘든 현실이 이 아이들을 기다리고 있다고 한다. 교육과 직장의 기회가 아주 한정되어 있을 뿐만 아니라 보육원에서 자랐다고 하면 사회에서 보는 눈이 달라지기 때문에, 보통 사람들처럼 생활하기가 참 힘들다고 했다. 어쩌면 내 부모님이 걱정하던, 시각장애인이 겪는 그런 차별 대우를 이 아이들도 받는 것이 아닌가.

동명 아이들에게 본격적으로 관심을 갖기로 한 우리 부부는 그 다음 날 황주 목사님께 이메일을 드려 우리가 어떻게 도와야 할지 여쭤 보았다. 목사님은 마음을 뜨겁게 하는 이메일을 오랜만에 받아 보았다고 하면서 기뻐했고, 한동안 꿈꾸던 프로젝트를 우리에게 들려 주었다. 동명에서 사는 아이 중 비전이 있는 아이들 몇몇과 또 그곳에서 일하는 아이들에 대한 사랑이 남다른 선생님을 선발하여 미국 여행을 한번 시켜 주고 싶다는 것이었다. 아이들과 선생님들에게 더 큰 세상을 보여 주고, 더 큰 하나님의 비전을 그들의 마음과 머리에 심어 주기 위해서였다. 찬양교회가 초청하고 교인 집에서 숙식하면서 여행을 한다면 비용을 아낄 수 있고, 더 중요하게는, 세상에는 참 좋은 사람들과 화목한 가족이 많다는 사실을 경험을 통해 알려줄 수 있을 것 같다는 게 목사님의 생각이었다. 이 프로젝트가 잘 진행되어 아이들과 미국에 사는 사람들이 좋은 인연을 맺을 수 있다면, 나중에는 그 아이들이 미국으로 유학을 올 수도 있고, 또 그럴 수만 있다면 정말 아이들의 삶을 크게 바꾸어 놓을 수 있지 않을까 하는 생각도 했다고 한다.

이 설명을 들으면서 나는 당연히 이런 상상을 했다. 내가 겪어 온 과정과 비슷하게 이 아이들도 미국으로 와서 공부도 하고, 직장도 구하고, 가족까지 얻어서 행복하게 생활할 수 있는 프로젝트가 될 수도 있겠다는 상상이었다. 나 역시 단기로 미국에 왔다가 사람들을 만났고, 그 인연으로 유학할 수 있었고, 미국 가족을 얻었을 뿐만 아니라 좋은 교육을 받고 직업을 얻을 기회도 가질 수 있었으니까. 동명 아이들에게 그런 큰 삶의 기회를 주는 프로젝트에 내가 참석할 수 있다는 것은, 마치 하나님이 나에게 꼭 하라고, 내가 꼭 해야 한다고 정해 준 일인 것 같았다.

YANA,
너는 혼자가 아니야(You Are Not Alone)

이를 계기로 '플라잉 해피니스(Flying Happiness)'라는 행사를 매년 갖게 되었다. 동명 보육원 아이들이 벌써 다섯 번이나 미국에 다녀갔다. 매년 4명의 아이와 2명의 선생님이 와서 관광은 물론, 미국에 사는 여러 전문가를 만나 이야기도 듣고, 남들이 가 보기 어려운 곳에도 방문하는 기회를 가졌다. 예를 들어, 뉴욕 연방준비은행 본부에 가 그곳에 보관된 금괴를 직접 만져 보며 금괴를 맡아 주는 서비스에 대한 설명을 듣기도 했고, 2001년 9·11 사건 후에 일반인들에게 닫혀 버린 뉴욕 증권시장의 문을 열고 들어가 견학하기도 했다. 또 구글 본사에 가서 그곳 직원들과 점심을 먹으면서 그들의 일에 대해서 듣기도 했다. '플라잉 해피니스'가 다가온다고 하면, 즉 동명 아이들이 미국에 온다고만 하면 많은 사람이 시간과 돈과 열성을 아끼지 않는다.

2012년에는 이 일을 본격적으로 하기 위해서 비영리 단체를 만들었다. 이름은 '야나 선교회(YANA Ministry)'라고 한다. YANA는 "너는 혼자가 아니야(You Are Not Alone)."라는 말의 줄임말이다. 보육원 아이들에게 결코 그들이 혼자가 아니라는 것을 의미 있는 방법으로 알려주는 것을 목적으로 하고 있다. 내가 이 단체에 이사장을 맡고 있지만, 주위에 도와주는 사람들이 많아서 어렵지 않게 일을 진행하고 있다.

작년에는 드디어 야나가 후원하는 첫 유학생이 미국에 왔고, 아내와 내가 이 열세 살 난 아이를 직접 키우기로 했다. 나의 맘과 대드가 나를 키웠듯이. 올해 가을 학기에 한 학생이 더 왔고, 내년에는 한 명에서 세 명까지 학생들이 추가로 올 수 있도록 계획하며 노력하고 있다. 몇몇에 지나지 않을지라도 그 아이들의 삶이 야나의 사역으로 상상치 못할 정도로 좋게 바뀔 수만 있다면, 이 일에 내가 계속 참가할 수 있다면, 내 삶도 의미 있게 될 것이다. 받은 만큼 돌려주지는 못할지라도, 조금이나마 다른 사람들을 돕고 살 수 있도록 내 미래를 꾸며 나가려고 한다.

21
받은 것을 되돌려 주는 삶

— 내 삶을 바꾼 세 가지 메시지

일류 대학에서 공부했다는 꼬리표가 항상 좋은 것만은 아니다. 학벌로 인해 나를 향한 사람들의 기대치도 높아지기 때문이다. 많이 안다고 생각하는 것은 물론, 다양한 분야에서 뛰어나고 돈도 아주 잘 벌 거라고 믿는 사람들도 꽤 있다.

이 중 가끔 나에게 이런 질문을 하는 사람들이 더러 있다. 아들이나 딸을 꼭 일류 대학에 보내고 싶은데, 공부를 어떻게 시켜야 하는 게 입학 가능성을 가장 높여 줄 수 있느냐고. 예를 들어, 몹시 어려운 과목을 공부해서 평균보다는 높지만 아주 우수하지는 않은 점수를 받는 쪽이 좋은지, 아니면 좀 쉬운 과목을 공부해서 아주 우수한 성적을 내는 쪽이 좋은지, 그리고 모든 과목을 잘하는 학생과 한 가지를 으뜸으로 잘하는 학생 중 더 가능성이 큰 학생은 누구인지, 또 명문 고등학교에서 상위권에 드는 것과 일반 고등학교에서 1, 2등을 하는 것이 더 유리한지 등등.

'아이들 일류 대학 보내기'가 이 글을 주제가 아니라서 자세히 얘기하지는 않겠지만, 내가 해 준 대답을 듣고 만족해하는 이는 드물었다. 항상 복합적인 답을 해 주었기 때문이다. 예를 들어, 어려운 과목에서 아주 우수한 성적을 받는 것이 질문하는 사람이 제시한 두 가지 선택보다 더 가능성을 높여 준다는, 누구나 알 만한 답을 해 주곤 했던 것이다.

이처럼, 산다는 것도 어떻게 보면 객관식 시험과도 같다는 생각이 자주 든다. 적어도 여러 선택이 내 앞에 있을 때, 어떤 기준으로 결정하느냐에 따라서 일이나 삶의 과정과 결과가 달라질 수 있으니까 말이다.

나에게도 이런 선택의 순간이 많았다. 유학의 길을 선택한 것, 11학년(고등학교 2학년) 때 피아노를 그만두고 공부에 집중하기로 한 것, 박사 학위를 포기하고 월가에 남기로 한 것 등은 겉으로 보이는 내 삶에 큰 영향을 미친 결정들이었다. 하지만 생각해 보면 겉으로 보이는 이러한 것들만큼 남에게 잘 보이지 않는 자신의 마음 세계를 다스리는 일 역시 선택을 할 수 있는 게 적지 않다.

감사가 있는 삶

내가 마음을 다스리는 데 가장 큰 힘이 된 것은 역시 신앙이었다. 서울맹학교를 다닐 때 갖게 된 하나님을 향한 믿음과 예수 그리스도의 복음으로부터 비롯된 신앙생활은 나에게 많은 것을 가져다주었다. 그러다 언젠가부터 과연 어떻게 하면 좋은 크리스천이 될 수 있을까 고민하기 시작했다. 왜냐하면 그때까지(고등학교를 졸업할 때쯤부터 대학교 공부를 시작할 때쯤까지) 들었던 설교나 성경 공부 등에서 설명한 크리스천이라는 정체성이 참 막연했기 때문이다. 그저 믿는 마음과 충성하는 자세로, 목사님이나 교회 어른들이 하라는 대로만 하면 신앙심이 높은 거라는 주장은 받아들이기가 쉽지 않았다.

사람에게서 듣기 어려운 것을 알고자 할 때, 나는 자주 책에서 답을 찾았다. 어떻게 해야 올바른 신앙을 갖고, 하나님의 사랑을 전할 수 있는 삶을 살 수 있으며, 예수님의 은혜와 자비로 다른 이들을 대할 수 있는지를 알고 싶었던 나는, 이와 관련된 책들을 읽기 시작했다. 읽은 책을 다 세지 않아서 몇 권이나 읽었는지도 모르고, 내용을 다 기억하지도 못하지만, 그때부터 읽었던 책 중 세 권은 나에게 아주 큰 도움이 되었다.(참고로 일과 관련된 책이나 자료 읽기를 제외하고 나의 독서는 대부분 오디오북을 통해서 한다.)

대학 시절에 읽었던 책, 멀린 캐로더스 목사가 쓴 『감옥 생활에서 찬송 생활로』라는 책은 대학교에 다닐 때, 누군가 나에게 들어 보라고 준 오디오북이었다. 그때까지는 이름도 들어 보지 못했던 한 감리교 출신 목사님, 젊었을 때는 미 육군에서 군목으로 일했던 저자가 쓴 종교 분야 베스트셀러였다. 이 네 시간이 채 되지 않는, 오디오북에서 나는 처음으로 내가 시도해 볼 수 있는 신앙의 방법을 찾을 수 있었다. 6·25전쟁 중 한국에서 사고로 한쪽 눈의 시력을 거의 잃을 뻔했던 캐로더스 목사는, 의사가 설명할 수 없는 그의 시력 회복을 하나님의 기적이라고 말했다. 그는 월남전 참전 때 역시 모국을 떠나 이해하지 못하는 전쟁을 수행하고 있던 군인들과 함께 하나님의 기적을 자주 경험했다고 이 책에 기록했다.

대부분 신학자들은 가볍게 볼 것 같기도 하고, 카리스마 교파 사람들을 제외한 많은 교인은 공감하지 않겠지만, 캐로더스 목사의 이 첫 책에는 어떻게 보면 간단하고, 또 어떻게 보면 말이 되지 않는 '진리'가 적혀 있었다. 나에게 일어나는 모든 일은 하나님의 허락으로 일어나는 것이므로, 그 모든 일에 대해 감사해야 한다는 가르침이었다. 눅눅한 토스트를 먹는 작은 일부터, 가족이라고는 세상에 하나밖에 없는 남편을 월남전으로 떠나보내야 하는 큰일까지 하나님의 허락에서 비롯된 일이라는 것이었다.

그의 말에 따른다면 나의 시각장애 역시 하나님이 허락한 일이니 이를 받아들이고 견딜 뿐만 아니라, 나아가 이에 대해 감사해야 할 터였다. 불평해 봤자 나에게 도움되는 것은 하나도 없고, 또 이렇게 감사하는 생활을 살 때, 하나님의 큰 기적을 경험할 수 있다는 것이 그의 주장이었으니까.

처음에 나는 그 말을 이해할 수 없었다. 모든 것에 감사해야 한다는 이유로, 나쁜 일, 가령 팔이 부러진다든지, 도둑을 맞는 일에 대해서까지도 하나님께 감사하라니, 말이 되지 않는다고 생각했다. 그러나 캐로더스 목사의 한마디, "한번 해 보는 데 손해 볼 것은 없다."는 말에 나도 한번 해 보기로 했다.

항상 모든 일에 대해 감사했다고 할 수 없고, 감사하는 생활과 직접적인 관계가 있는 큰 기적을 경험해 보지도 못했지만, 항상 감사하는 삶을 살고자 하는 노력은, 나를 못 말리게 긍정적인 사람으로 만들어 가기 시작했다. 그래서 꽤 오래 같이했던 여자 친구가 헤어지자는 말을 했을 때 슬펐고 미련을 쉽게 버릴 수 없었지만, 그녀와 평생 함께하는 것이 하나님의 뜻이 아니라고 받아들이기로 하고, 더 늦기 전에 이별을 계획해 주신 하나님께 감사드렸다. 물론 며칠 만에 감사 기도를 할 정도의 냉정함을 보이지는 못했지만.

또 박사 학위를 포기하고 들어간 직장에서 4년 만에 감원당하게 된 상황에서도 나는 감사할 수 있었다. 이 '불치의 감사병'은 가질 수 있는 병 중에 제일 좋은 것 같다. 언젠가 아들 데이비드가 1마일 달리기에서 꼴찌를 했을 때, 그래도 도중에 그만두지 않고 끝까지 달렸다며 좋아하는 아이를 보고 아내는 이렇게 말했다.

"당신 아들 맞네 맞아."

영적 성장이 있는 삶

내 삶에 도움이 된 두 번째 책은 신학자 리처드 포스터의 『영적 훈련과 성장』이었다. 저자가 직접 읽은 오디오북을 들었는데, 제목 대로 어떤 방법으로 영적 훈련을 해서 신앙을 키워 나갈 수 있는지를 자세히 설명한 책이었다. 묵상, 기도, 금식, 성경 공부는 마음과 영혼을 훈련하기 위해서 꼭 필요한 것이라고 포스터는 이 책에서 말한다. 개인의 삶과 공동체 생활에 필요한 훈련 방법도 각각 네 가지씩 기록하고 있지만, 나 자신을 위한 영적 성장의 가이드를 찾고 있었던 나는 그것에만 초점을 맞춰 보기로 했다.

묵상, 기도, 성경 읽기를 매일 하려고 노력해 왔고, 금식은 두 끼 연속 금식부터 시작해 15일 연속 금식까지 해 봤다. 그러나 나의 영적 성장이 얼마나 성공적으로 진행되어 왔는지는 아직도 잘 모르겠다. 평생 해도 성과가 없을 것 같다는 생각이 들 때도 있고, 이만하면 젖먹이 아기 크리스천보다는 좀 더 성장한 것이 아닌가 하는 교만에 사로잡힐 때도 있다.

은혜가 있는 삶

마지막으로 나에게 가장 감동을 준 책은 크리스천 저자 필립 얀

시의 『놀라운 하나님의 은혜』였다. 처음으로 책 제목을 접했을 때 내 아내 그레이스(grace는 한국말로 은혜란 뜻이다.) 생각이 났다. 하나님의 은혜도 놀라울 정도로 대단한 것이지만, 당신 그레이스도 대단히 놀라운 점이 많은 사람이라고 말해 주려고 구입하게 된 이 오디오북에서, 나는 새로운 것을 배우게 된다. 크리스천에게 은혜는 성우에게 멋진 목소리가 있어야 하는 것처럼 필수적이란 사실을 깨달았기 때문이다.

교회를 잠깐이라도 다닌 사람이라면, 은혜라는 말을 교인들이 자주 쓴다는 것을 알 것이다. 하지만 이 은혜가 실질적으로 무엇을 뜻하는지 알고, 그것을 실천하려고 노력하는 이들은 그렇게 많지 않은 것 같다. 은혜는 자격이 전혀 없는 이에게, 자격이 없음에도 불구하고 주어지는 축복, 행운, 혜택 등을 말한다. 예를 들어, 아버지가 돌아가시기도 전에 재산을 물려받아 방탕한 생활로 다 써 버린 탕아가 있다고 해 보자. 집으로 돌아온 탕아를 반갑게 맞아 준 아버지는 아들의 사죄를 들으려고 하지도 않는다. 그저 좋은 옷을 입히고, 금반지를 끼워 주고, 송아지를 잡아 큰 잔치를 벌일 뿐이다. 죽은 줄로만 알았던 아들이 다시 살아왔다고 기뻐하면서. 은혜를 베푸는 것이 무엇인지를 잘 보여 주는 이야기다.

나의 삶을 예로 들자면, 아무것도 한 것 없는 나를 열다섯 살 때부터 조건 없이 키워 준 나의 미국 부모님들은 확실히 나에게 은혜를 베풀었다. 내가 무엇 무엇을 했기 때문에, 공부를 잘할 것 같아서, 두 분의 마음에 꼭 들어서, 아이들이 다 떠나간 빈집과도 같은 두 분의 마음을 채워 주기 위해서 등등의 이유 때문이 아니라, 다만 나에게 여러 혜택을 주기 위해서 두 분이 아무 대가도 받지 않고 나를 키우기로 결정한 것은 명백한 은혜였다. 이후에도 계속 나를 자식처럼 대해 준 것은 은혜를 행동으로 옮긴, 나에게 제일 가까운 예가 아닐 수 없다. 하지만 세상에는 용서하지 못해서, 너무나 완벽한 공평함을 고집하느라, 혹은 남을 매섭게 판단하는 일들이 많아 은혜의 메시지가 점점 흐려져 가는 것만 같다.

신앙을 가진 사람으로서 어떻게 살아가야 하느냐는 질문에 최고의 답은 없는 것 같다. 그 답을 찾으려고 노력했던 나에게는 이 세 가지 메시지가 제일 의미 있게 다가왔다. 나를 나보다 더 잘 아시는 하나님을 믿고 모든 것에 감사하는 삶, 영적 성장을 위해서 훈련하는 삶 그리고 은혜를 받기만 하지 말고 베푸는 삶. 이 셋 중 하나만을 선택하라면, 나는 은혜, 즉 그레이스를 택할 것이다. 감사하는 삶과 영적 훈련을 하는 삶은 나를 위한 것이지만, 은혜를 경험한 사람이 그것을 다시 베푸는 삶을 살아간다는 것은 혼자만을 위해서라기보다는 다른 이들을 돕는 삶을 산다는 뜻일 테니까.

보이지 않는 마음의 주름을 찾아서

나이가 들면 사람들은 누구에게나 생기는 주름을 펴 보겠다고 갖은 노력을 다 한다. 비싼 화장품에 돈을 아끼지 않을 뿐만 아니라 심지어 근육의 신경을 죽이는 보톡스까지 맞는다. 이런 일을 내가 이해할 수 없다고 할 때면, 아내는 그냥 그것은 내가 이해하지 못하는 일 중 하나일 뿐이라고 말한다. 내가 이해하지 못하는 일은 물론 수도 없이 많겠지만, 아내의 이 말에는 내가 앞을 볼 수 없어서, 특히 나 자신의 얼굴을 볼 수 없어서 이해하지 못한다는 의미가 담겨 있다.

하지만 주름살이 얼마나 사람들의 외모에 나쁜 영향을 끼치는지 모르는 사람으로서 한마디 하고 싶다. 얼굴에 나타나는 주름은 그 사람이 걸어온 삶을 말해 주지 않을까? 그가 힘들었던 나날을 얼마나 잘 견뎌 냈는지, 그가 얼마나 가슴 아플 정도의 큰 사랑을 했는지, 그가 목표를 이루기 위해 얼마나 많은 것들을 희생했는지, 간단히 말해 주름살은 그의 삶을 현재 완성형으로 말해 준다. 그러니까 주름은 결국 열심히 살아온 사람들의 명예로운 배지가 되어야 한다고 나는 주장하고 싶은 것이다.

그런데 눈에 보이지 않는 내면의 주름, 또 다른 명예의 배지도 있다. 내가 지금까지 걸어온 삶이 만들어 낸 나의 정체성이 그렇다. 나라는 한 인간을 설명해 주는 것은 나의 뛰어난 두뇌도 아니고, 피나는 노력도 아니다. 그렇다고 해서 미국의 우수한 장애인보호법도 아니고, 장애인우대교육이나 근로 정책도 아니다. 나를 설명하는 방법 중 가장 정확한 것은 내 삶에 영향을 끼친 사람들에 대해 이야기하는 것이리라. 그들의 사랑이 지금의 나를 만들었다. 나는 한 여자를 사랑해서 그녀와 같이 두 아이를 키우면서 하루하루를 살아가는 지극히 평범한 한 남자다. 처음엔 그저 축복을 많이 받은 자의 의무라고 생각해서 시작했지만, 지금은 보람과 행복까지 느끼는 보육원 아이들 사역을 하는 한 사람이다. 신앙을 사랑으로 실천하려고 노력하는 크리스천이며, 한 월가 회사의 자산운용팀 직원이다.

이런 나를 만들어 준 삶의 여행은 물론 부모님으로부터 시작되었다. 당신들은 지극히 부모가 해야 할 일을 했을 뿐이라고 고집하신다. 그래서 나의 실명을 막아 보겠다고 8년을 고생하셨지만, 어머니는 끝내 장한 어머니상을 거절하셨다. 내가 실명을 면할 수 없게 되자, 부모님의 열정은 나를 교육시키는 쪽으로 뻗어 나갔다. 미국으로 유학을 보낸 뒤에도, 혹시 내가 한국에 다시 돌아올까 봐 몇 년 동안 맹학교 행사에 계속 참석하기도 하셨다. 그리고 한국 역사도 배우고 한국말도 잊지 말라고 하시면서, 텔레비전 사극을 녹음해 보내 주기도 하셨다. 아마도 부득이한 사정으로 아들을 먼 곳에 보냈지만, 이런 일을 계속하시면서 아들과 함께하는 느낌을 가진 것이 아닌가 싶다. 그때 엄마가 제안한 것이 있었다. 일기를 간단하게라도 써서 보내 달라는 것이었다. 부모의 마음을 전혀 모르는 나는 그때 그것을 해 드리지 않았다.

엄마, 아빠, 죄송해요. 그리고 너무 감사하고 사랑해요. 건강하게 오래 사셔야 해요.

낳아서 키워 주신 부모님 못지않게 나를 마음으로 입양하여 키워 주신 분들은 맘과 대드다. 10년 전 돌아가신 맘, 그녀는 엄마가 시작한 일, 즉 부모의 도움 없이 혼자서도 삶을 살아갈 수 있는 한 사람으로 나를 만드는 일을 계속하신 분이었다. 음식 만들기, 옷 세탁과 정리, 새로운 곳에 갔을 때 길을 익히는 방법, 녹음 교과서를 주문하

는 방법, 무엇보다도 미국에서 태어난 사람보다 더 유창하고 또박
또박 말하기 등등. 청소년 시기에 할 수 있는 걱정, 예를 들어 '나를
사랑해 줄 여자가 없다면'이란 걱정을 잠재워 주기도 하셨다. 나를
받아 주고 평생 사랑해 줄 특별한 여자는 어딘가에 한 명 있겠지만,
나에게 호감을 느끼는 여자들은 세상에 아주 많을 거라는 말로. 대
드는 많은 대화와 당신의 삶으로 나에게 남자다운 남자가 되는 법
과 크리스천다운 크리스천이 되는 법을 가르쳐 주셨다. 내가 한 말
에 책임지는 것, 무엇이든 최선을 다하는 것, 입장이 곤란해지거나
경제적인 손실을 무릅쓰고라도 솔직해야 하는 것, 이웃을 한 사람
한 사람씩 도와주는 것 등등.

　그들에게 전하는 말을 여기에 영어로 남겨 두고 싶다.

　Mom, I am sorry that my kids never got a chance to
know you and learn from your wisdom, humor, and energy
for life. You left us too soon. Some day, I will see you; wait
for me inside the eastern gate.

　Dad, thank you for all your care and work, and for the
many many hours of talking with me. And I am sorry we
don't visit often enough. Please live healthy and long, and

let's go for collecting pension for another 25 years.

네 분의 부모님 말고도 내가 여기까지 오는 데 도움을 주신 분들이 많다. 서울맹학교 선생님들, 특히 음악에 소질이 없는 나에게 피아노를 가르쳐 주신 김태용 선생님은 내가 유학의 기회를 얻을 수 있도록 준비시켜 주셨다. 그리고 나뿐만이 아니라, 학교의 많은 아이들에게 여러 가지 악기를 가르쳐 주신 최영식 선생님은 정말 당시 서울맹학교 학생들을 위해 희생하고 노력하신 분이다. 또 나의 6학년 담임이셨던 박찬승 선생님께서는, 우리가 언젠가는 보는 사람들과 경쟁을 해야 한다는 것과 그러려면 어떻게 준비해야 하는지를 가르쳐 주셨다. 선생님의 이런 가르침과 훈련이 없었더라면 일반 학교와 직장에서 다른 이들과 같은 위치에서 경쟁해 보겠다는 용기를 내지는 못했으리라. 시각장애인에게 어렵기만 했던 사회 환경 속에서도 우리가 꿈을 꿀 수 있도록 교육 환경을 만들어 주신 여러 선생님께 감사드린다.

유학을 가능하게 해주신 배리 프리트크로프트 선교사님과 오버브룩 맹학교의 여러분께도 감사드린다. 또 키타티니 공립고등학교의 여러 선생님, 시각장애인 학생을 가르쳐 본 경험이 없어서 오히려 더욱 열심히 내가 다른 아이들과 똑같이 공부할 수 있게 해 주신 여러 선생님께도 감사드린다. 그리고 상상할 수 없었던 학업의 기회를 나에게 주고, 조언과 도움을 아끼지 않은 하버드와 MIT의 여러 교수님께도 감사드린다.

내가 JP모건에 입사할 수 있도록 도와주신 (2015년 5월에 하늘나라로 떠난) 패트리샤 뎀프시 해먼드와 결국 내가 애널리스트의 길을 걸을 수 있도록 고용해 준 조셉 사바티니에게 감사드린다. 그리고 1998년부터 지금까지 나와 같이 일하면서, 동료로서만이 아니라, 친구로서 나의 삶을 풍성하게 해 준 브라운 브라더스 해리먼의 여러분께도 감사를 드린다.

마지막으로 나와 평생을 함께하기로 한 아내 그레이스 근주에게 몇 마디 전할까 한다.

청소년 시절부터 나에게 있었던 두려움, 사랑하는 사람을 찾지 못해 혼자 살아야 하는 것은 아닌가 하는 두려움을 깨끗이 사라지게 해 준 당신.

신혼 시절의 부모가 될 설렘도, 아기를 못 갖는 아픔도, 결국 아들을 낳고 키우면서 느꼈던 행복과 염려도 함께해 온 당신.

아무리 크게 다투어도 절대 깨질 수 없는 우리의 사랑을 굳게 믿고 밤에도 잠을 잘 자는 당신.

맘과 대드처럼, 한 아이를 마음으로 입양하고 싶었던 것은 나였지만, 매일매일 몸으로, 가슴으로, 사랑으로 우리의 딸을 실제로 키우고 있는 당신.

  어떻게 내가 당신을 사랑하지 않을 수 있을까? 무슨 일이 있어도, 당신 얼굴에 주름살이 아주 많아진다 해도, 나는 당신을 계속 사랑할 거야. 신혼 때 종종 당신이 불러 주곤 했던 그 노래의 가사처럼, "하늘이 우리를 갈라놓을 때까지……."

눈 감으면 보이는 것들

1판 1쇄 펴냄 2015년 10월 27일
1판 12쇄 펴냄 2023년 12월 21일

지은이 | 신순규
발행인 | 박근섭
기 획 | 강성봉
책임편집 | 강성봉, 정지영
펴낸곳 | 판미동

출판등록 | 2009. 10. 8 (제2009-000273호)
주소 | 06027 서울 강남구 도산대로 1길 62 강남출판문화센터 5층
전화 | 영업부 515-2000 **편집부** 3446-8774 **팩시밀리** 515-2007
홈페이지 | panmidong.minumsa.com

"한국출판문화산업진흥원 2015년 우수출판콘텐츠 제작 지원 사업 선정작입니다."

도서 파본 등의 이유로 반송이 필요할 경우에는 구매처에서 교환하시고
출판사 교환이 필요할 경우에는 아래 주소로 반송 사유를 적어 도서와 함께 보내주세요.
06027 서울 강남구 도산대로 1길 62 강남출판문화센터 6층 민음인 마케팅부

© 신순규, 2015. Printed in Seoul, Korea
ISBN 979-11-5888-019-4 03810

판미동은 민음사 출판 그룹의 브랜드입니다.